STARGÅTE

SG·1

STARGÅTE

SG·1

DER FEIND MEINES FEINDES

NACH DEM DREHBUCH UND DEN CHARAKTEREN
VON DEAN DEVLIN & ROLAND EMMERICH
FERNSEHBEARBEITUNG
VON JONATHAN GLASSNER & BRAD WRIGHT

ROMAN VON
WOLFGANG HOHLBEIN

BSV
Burgschmiet Verlag

Die Deutsche Bibliothek – CIP-Einheitsaufnahme
Stargate SG 1: nach dem Drehbuch und den Charakteren von
Dean Devlin & Roland Emmerich, Fernsehbearbeitung von
Jonathan Glassner & Brad Wright. –Nünberg: BSV, Burgschmiet-Verl.
2. Der Feind meines Feindes: Roman / von Wolfgang Hohlbein. –1999
ISBN 3-932234-21-9

ISBN 3-932234-21-9 – 1. Auflage 1999

Covergestaltung: Susanne Gebert
Gestaltung des Bildteils: Susanne Gebert
Satz: Reiner Swientek Fotosatz
Lizensiert durch CTM Merchandising

Burgschmietstraße 2-4, 90419 Nürnberg

Printed in Germany

Laßt ihn, der es weiß,
dem Untier die Zahl zuordnen;
denn es ist eine menschliche Zahl,
und die Zahl lautet: 666

Offenbarungen, 13

ANGRIFF AUS DEM NICHTS

1

Irgendwann hatte es passieren müssen, das sagten einem sowohl die Logik, als auch die Statistik und das, was man im Allgemeinen mit *gesundem Menschenverstand* bezeichnete. Aber wie es eben mit Unglück ist, das man kommen sieht – tief in sich drinnen und jenseits aller Logik bleibt man fest davon überzeugt, daß es ja doch nur immer die anderen trifft, und schon irgendwie alles gut gehen wird.

Diesmal war es nicht gut gegangen.

Es war gute fünf Minuten her, daß Colonel Jack O'Neill den Fehler begangen hatte, den toten Marine auf den Rücken zu drehen und in das zu blicken, was einmal ein menschliches Gesicht gewesen war, aber sein Magen hatte sich immer noch nicht beruhigt, sondern versuchte nach wie vor, seine Speiseröhre hinaufzukriechen.

„Jack?"

Es dauerte eine Weile bis O'Neill begriff, daß Captain Samantha Carter auf eine Antwort wartete. Es kam selten vor, daß er die Fassung verlor, und noch seltener, daß er zu schockiert war, um seiner Umgebung die nötige Aufmerksamkeit zu schenken. Heute war offensichtlich eine dieser seltenen Gelegenheiten. Normalerweise hätte er sich eine solche Schwäche nicht durchgehen lassen. Doch hier und jetzt war das etwas anderes. Schließlich kam es nicht jeden Tag vor, daß er einen Mann identifizieren mußte, dem man das Gesicht von innen nach außen *gestülpt* hatte...

Bevor ihn Samantha ein weiteres Mal ansprechen konnte, würgte O'Neill die bittere Galle herunter, die sich unter seiner Zunge angesammelt hatte und drehte sich mit einem Ruck zu ihr herum. Sam sah so blaß und erschrocken aus wie jedermann hier im Raum; ihn selbst eingeschlossen.

Ihre sonst strahlend türkisfarbenen Augen wirkten größer und trüber als sonst. Dunkler. Sie gab sich alle Mühe, gefaßt zu wirken, aber ihre Hände zitterten leicht, und es gelang ihr nicht, Jacks Blick länger als eine Sekunde Stand zu halten.

„Der General kommt." Sie machte eine Kopfbewegung auf einen Punkt hinter Jack und fügte etwas leiser hinzu: „Könntest... du das übernehmen?"

„Natürlich", antwortete Jack. Mortensen und Sam hatten sich gut gekannt. Er war nicht einfach nur ein Soldat, der im Einsatz ums Leben gekommen war. Sie hatte einen Freund verloren.

Während sie ging, straffte O'Neill die Schultern und wappnete sich innerlich gegen das kommende Gespräch mit General Hammond. Er würde Fakten von ihm hören wollen, aber das einzige, was Jack im Moment mit vollkommener Sicherheit sagen konnte war, daß Mortensen tot war und die restlichen Männer von SG-4 vermutlich auch. Er wußte nicht, warum. Er wußte nicht einmal, was sie getötet hatte.

„Colonel." Hammond salutierte knapp und blickte Carter stirnrunzelnd nach. Sie verschwand im gleichen Moment durch die Tür, hastig und als wollte sie vor etwas fliehen. Als sie draußen auf dem Gang angekommen war, begann sie zu rennen.

„Bitte verzeihen Sie ihr, Sir", sagte Jack leise. „Captain Mortensen war... die beiden standen sich sehr nahe, glaube ich." Er deutete auf den Leichnam des Marine. Jemand war so rücksichtsvoll gewesen, ihn mit einer schwarzen Plastikfolie zuzudecken, aber er wußte, was darunter war. Vor allem sein Magen erinnerte sich sehr gut daran. „Es ist kein schöner Anblick, fürchte ich."

Hammond runzelte flüchtig die Stirn, sah ihn eine weitere Sekunde lang mit dem gleichen Gesichtsausdruck an, mit dem er ihn immer ansah – nämlich keinem – und ging dann ohne ein weiteres Wort auf den Toten zu und in weitem Bogen um ihn herum. Pedantisch darauf bedacht, daß seine auf Hochglanz polierten Schuhe nicht mit der immer noch größer werdenden Blutlache in Berührung kamen, in deren Mitte der reglose Körper lag, ließ er sich in die Hocke sinken, hob mit spitzen Fingern die Plastikfolie an und warf einen sehr langen und nachdenklichen Blick auf das, was darunter lag.

„Sie haben recht, Colonel", sagte er schließlich. „Es ist wirklich kein schöner Anblick."

„Wir wissen nicht, was ihm zugestoßen ist, Sir...", begann O'Neill.

„Aber ich", sagte Hammond knapp.

„Sir?" Nicht nur O'Neill, sondern auch einige der anderen Männer blickten zuerst den General überrascht an – und dann den abgedeckten Toten. Die Blutlache breitete sich weiter aus. Noch zwei oder drei Zentimeter und sie hätte Hammonds sorgsam polierte Schuhe erreicht. Obwohl Hammond nicht einmal in die entsprechende Richtung sah, trat er rasch zwei Schritte zurück, bevor er fortfuhr:

„Ich war bei der NASA, bevor mir die Leitung von StarGate, dem SternenTor-Projekt übertragen wurde. Ich habe so etwas schon einmal gesehen, aber..." Er zögerte einen ganz kurzen Moment, deutete dann ein Achselzucken an und fuhr in verändertem Ton und etwas lauter fort: „Ich will Doktor Fraiser nicht vorgreifen. Im Moment gibt es auch wichtigere Fragen. Zum Beispiel die, was aus dem Rest von SG-4 geworden ist. Mortensen war der letzte, der durch das Tor gegangen ist?"

Jack nickte, obwohl er es nicht einmal mit Sicherheit wußte. Er war rein zufällig in der Nähe gewesen, als die Schreie aus der Transportkammer drangen. Als er hereingestürzt war, hatte Mortensen bereits reglos am Boden gelegen. Was immer ihn getötet hatte, mußte unheimlich schnell und grausam zugeschlagen haben.

„Also gut“, sagte Hammond. „Sehen wir uns das Tape an. Wir werden schon...“

Der Rest seiner Worte ging im schrillen Heulen der Alarmsirenen unter, die plötzlich losplärrten. Gleichzeitig begann der Boden unter ihren Füßen zu zittern, als die gewaltigen Generatoren ansprangen, die das SternenTor mit Energie versorgten. Nicht einmal eine Sekunde später begann sich der äußere Ring der riesigen außerirdischen Konstruktion zu drehen.

„Achtung!“ meldete sich eine Computerstimme. „Nicht autorisierter Transport eingeleitet. Achtung!“

Alles ging plötzlich unglaublich schnell, nahezu gleichzeitig und mit der Präzision einer sorgsam geölten Maschinerie. Der äußere, rotierende Ring des SternenTors kam zum Stillstand, und eine der trapezförmigen Klammern rastete mit einem satten KLACK ein, ehe sich der Ring – diesmal in entgegengesetzter Richtung – stählernd schleifend wieder in Bewegung setzte. Das dumpfe Rumoren der Atomreaktoren tief unter ihren Füßen steigerte sich zu einem urzeitlichen Grollen, mischte sich wie der Aufschrei eines Ungeheures in das schrille Heulen der Alarmsirenen. Die zweite Klammer rastete ein. Das halbe Dutzend Marines im Raum verteilte sich blitzartig und ging mit angeschlagenen Waffen in Stellung.

„Achtung!“ keifte der Computer. „Nicht autorisierter Transport eingeleitet! Die Selbstzerstörungssequenz wird aktiviert!“

2

Die dritte Klammer rastete ein, und Hammond schrie über den allgemeinen Lärm hinweg: „Die Blende zu! Und könnte jemand diese verdammte Sirene abstellen?“ Gleichzeitig kroch seine rechte Hand in die Tasche, und auch Jack vollführte die gleiche Bewegung. Für den Bruchteil einer Sekunde machte sich Panik in ihm breit, als seine Finger ins Leere griffen. Dann ertastete er kaltes, glattes Plastik und atmete innerlich auf.

Doch noch waren sie ungeschützt. Die riesige Rad bewegte sich auf die vierte Klammer zu, und die *Irisblende,* dieser einzige Schutz, den Hammonds Sicherheitstechniker für das SternenTor vorgesehen hatten, begann sich zu schließen. Im gleichen Moment glitt das schwere, gute dreißig Zentimeter starke Schott vor die einzige Tür der Transportkammer im 28. Untergeschoß. Kaum eine Sekunde, bevor es mit einem dumpfen Krachen einrastete, hechtete eine hünenhafte Gestalt durch die zusammenschrumpfende Öffnung und kam mit einer Rolle wieder auf die Füße.

Es war Teal'c, der vom Alarm angelockt offensichtlich keine Sekunde gezögert hatte, um ihnen zur Hilfe zu eilen. Während der ehemalige Jaffa neben ihm in Stellung ging und seine lanzenförmige Strahlenwaffe aktivierte, konzentrierte sich Jack ganz auf das SternenTor. Die sechste Klammer war wie in einem überdimensionalen Zahlenschloß eingerastet, und der äußere Ring befand sich auf seinem Weg zur siebten und letzten Klammer. Danach würde das künstliche Wurmloch geöffnet, und zwischen ihnen und was immer auch hindurchkommen wollte befand sich nur noch die mittlerweile geschlossene Irisblende aus dreifach gehärtetem Spezialstahl. Bisher hatte dieses widerstandsfähige Material jedem Versuch Stand gehalten, es zu durchbrechen. Aber irgendwann, dachte Jack nervös, war schließlich immer das erste Mal. Es war gerade ein paar Minuten her, daß sie so ein *erstes Mal* erlebt hatten.

Die siebte Klammer rastete ein, und das Dröhnen der Reaktoren wuchs zu einer Lautstärke an, die beinahe in Jacks Zähnen schmerzte. Die Alarmsirene hörte endlich auf zu heulen, und die Computerstimme erklärte lapidar: „Selbstvernichtungssequenz initiiert. Noch dreißig Sekunden bis zur automatischen Selbstvernichtung."

Jack spürte, wie ihm kalter Schweiß den Nacken herunterrann. Es war ein Scheißgefühl, mit beiden Füßen auf einer zweihundert-Megatonnen-Bombe zu stehen, die in weniger als dreißig Sekunden explodieren würde. Er hatte niemals auch nur ein Wort der Kritik über diese letzte, ultimative Sicherheitsvorschrift verloren. Sie standen einem Feind gegenüber, der ihnen so hoffnungslos überlegen war, daß man es nicht einmal beschreiben konnte, und der nicht einmal wußte, was das Wort *Skrupel* überhaupt bedeutete. Wenn es den Goa'uld jemals gelang, das SternenTor zu erobern, dann war die Menschheit verloren. Aber es war eine Sache, diese Tatsache zu begreifen, und eine ganz andere, sich an den Gedanken der drohenden Selbstvernichtung durch einen Nuklearsprengsatz zu gewöhnen. Seine durcheinanderwirbelnden Gedanken wurden beiseite gewischt, als ein dumpfer Schlag das SternenTor erbeben ließ. Etwas hatte die Rückseite der Irisblende getroffen.

Ein zweiter, noch heftigerer Schlag ließ das SternenTor erbeben, dann erfolgte ein ganzes Trommelfeuer leiserer, weicher Schläge, fast als feuere jemand mit einer Kanone ganze Breitseiten von Tennisbällen gegen die stählerne Barriere. Die Blende hielt. Die Schläge waren hart, aber der Spezialstahl der Irisblende zitterte nicht einmal.

„Selbstvernichtungssequenz initiiert", plärrte der Computer. „Noch zwanzig Sekunden bis zur automatischen Selbstvernichtung."

O'Neill schloß die Finger um den kleinen Impulsgeber und zog die Hand aus der Tasche. Sein Blick irrte zwischen dem SternenTor und Hammonds Gesicht hin und her. Der General starrte die Blende an, und vielleicht zum ersten Mal glaubte Jack tatsächlich so etwas wie ein Gefühl auf seinen Zügen zu erkennen. Aber vielleicht war es auch nur seine eigene Anspannung, die er hineinprojizierte.

Das Trommelfeuer weicher Riesentennisbälle gegen die Blende hielt an. Die Laute klangen auf sonderbare Weise bedrohlich, obwohl das Metall selbst dem Anprall ohne Mühe Stand zu halten schien.

„Selbstvernichtungssequenz initiiert", sagte der Computer lakonisch. „Noch zehn Sekunden bis zur automatischen Selbstvernichtung."

Jack zuckte zusammen, als habe man ihn geschlagen. „General."

Zwei weitere, quälende Sekunden verstrichen, bevor Hammond seinen Blick fast gewaltsam vom schimmernden Rand des SternenTors losriß und Jack ansah. „Es sieht so aus, als würde es halten", sagte er.

„Wir haben nur noch fünf oder sechs Sekunden Zeit, darüber zu diskutieren", sagte Jack nervös.

Hammond verwandte eine dieser fünf Sekunden darauf, ihn durchdringend anzustarren, dann nickte er knapp und zog mit einem Ruck die Hand aus der Tasche. Seine Finger umklammerten die gleiche Art von kleinem Impulsgeber, wie ihn auch Jack in der Hand hielt. Schnell und ohne die geringste Spur irgendeiner Unsicherheit gab er seine Hälfte des sechsstelligen Widerruf-Codes ein und forderte Jack mit einem Nicken auf, dasselbe zu tun. Einen schrecklichen Augenblick lang glaubte O'Neill, seines Teil des

Codes vergessen zu haben, doch dann fuhren seine Finger wie von selbst über das kleine Eingabefeld des Impulsgebers und gaben die passende Sequenz ein.

„Selbstvernichtungssequenz abgebrochen", erklärte der Computer, kaum daß er fertig war. „Soll die Versiegelung der Transportkammer aufgehoben werden?"

„Negativ", bellte Hammond. „Der Raum bleibt versiegelt – wenigstens bis es aufgehört hat zu hageln." Seine Finger strichen unbewußt über den Signalgeber; ein Anblick, der nicht unbedingt zu Jacks Beruhigung beitrug. Sie hatten niemals darüber gesprochen, aber er war ziemlich sicher, daß Hammond noch eine letzte Möglichkeit hatte, die Bomben unter ihren Füßen zu zünden.

Das Trommelfeuer gegen die Blende hielt immer noch an. Es war nicht das erste Mal, daß die Goa'uld versuchten, auf diesem ihrem ureigensten Weg zur Erde zu gelangen. Bisher waren alle diese Versuche gescheitert. Teal'c hatte ihnen erklärt, daß keine der furchtbaren Waffen der Goa'uld im Inneren des SternenTors funktionieren konnte. Es war eine Verbindung zwischen den Welten, mehr nicht. Wer sich ihrer bediente, befand sich in der Lage eines Schwimmers, der mit angehaltenem Atem durch einen wassergefüllten Kanal tauchte und nach einem Ausweg suchte. Die Irisblende war nichts als ein simpler Deckel, der diesen Kanal verschloß. Wer immer ihn benutzte, mußte an diesem Deckel zerschmettern. Eine möglicherweise grausame, aber bisher auch sehr effiziente Sicherung.

Aber es hatte noch niemals so *lange* gedauert...

„Was ist das?" murmelte Jack. Die Frage galt Teal'c, der ungefähr einen Meter neben ihm stand und noch immer mit seiner Strahlenlanze auf das SternenTor zielte. „Das sind doch keine..." Jack hatte sagen wollen: *Männer deines Volkes,* aber aus irgendeinem Grund gingen ihm die Worte nicht über die Lippen.

„Jaffa?“ Teal'c deutete ein Kopfschütteln an. „Nein. Zu klein. Zu viele.“

Jack wußte nicht, ob ihn diese Erkenntnis beruhigte. Sie hatten eine Menge Erfahrungen mit den Goa'uld und keine davon war angenehm. Die außerirdischen Parasiten waren immer für eine Überraschung gut.

Endlich begann das Trommelfeuer gegen die Rückseite des SternenTors nachzulassen und schließlich hörte es ganz auf. Nur wenige Augenblicke später ließ auch das Dröhnen der Nuklearreaktoren unter ihren Füßen nach. Das Wurmloch existierte nicht mehr. Jemand hatte das SternenTor abgeschaltet.

Ein Lautsprecher knackte, dann sagte die Stimme eines Technikers: „Die Verbindung ist unterbrochen, Sir. Sollen wir die Blende öffnen?“

Hammond überlegte eine Sekunde, dann schüttelte er den Kopf. „Nein. Die Versiegelung der Transportkammer wird aufgehoben, aber die Blende bleibt zu. Alle weiteren Transporte sind gestrichen, bis ich weiß, was zum Teufel da zu uns kommen wollte. Doktor Fraiser soll sich die Rückseite der Blende ansehen. Colonel O'Neill – ich erwarte Sie und den Rest der SG-1 in einer Stunde im kleinen Konferenzraum.“

3

Er fand Samantha Carter in der Umkleidekabine. Sie saß mit herabgesunkenen Schultern und weit nach vorne gebeugt auf einer der unbequemen hölzernen Bänke und starrte ins Leere. Jack wußte nicht, ob sie sein Eintreten überhaupt bemerkt hatte oder nicht. Jedenfalls reagierte sie nicht. Ihr Gesicht war ausdruckslos, aber ihre Augen hatten einen trüben Glanz, als hätte sie geweint.

Jack trat unbehaglich näher, wartete einen Moment darauf, daß sie reagierte, und räusperte sich schließlich. Es vergingen noch einmal Sekunden, bis Sam den Kopf hob und ihn ansah. „Colonel."

„Jack", verbesserte sie Jack. „Meine Dienstzeit ist seit fünf Minuten vorbei. Außerdem hört niemand zu." Er machte eine Kopfbewegung auf den freien Platz neben ihr. „Darf ich?"

„Selbstverständlich." Samantha rutschte ein Stück zur Seite, um ihm auf der gut fünf Meter langen Bank Platz zu machen, und Jack ließ sich neben ihr niedersinken.

Im ersten Moment saßen sie einfach nur schweigend da. Jack wußte nicht, was er sagen sollte. Er war mit dem festen Vorsatz hierhergekommen, Carter Trost zu spenden. Sie war viel mehr als ein Mitglied seines Teams oder irgendeine x–beliebige Untergebene. Was sie in den zwei Jahren bei SG-1 gemeinsam erlebt – und vor allem *überlebt* – hatten, hatte sie zu etwas werden lassen, das schwer zu beschreiben war. Freunde, sicher, aber da war auch noch mehr. Etwas, das weit über bloße Freundschaft hinausging und viel kostbarer war. Schließlich war es Sam, die das unbehagliche Schweigen unterbrach. „Ich habe den Reaktor gehört", sagte sie. „Was war los?"

Jack hob die Schultern. „Unangemeldeter Besuch", sagte er in bewußt flapsigem Ton. „Wir haben ihm die Tür vor der Nase zugeworfen, und Hammond mußte natürlich sein Lieblingsspielzeug ausprobieren. Diesmal waren wir noch zwei Sekunden davon entfernt, uns alle harfespielend auf einer Wolke wiederzufinden..."

Er stockte, als er die Reaktion auf Sams Gesicht bemerkte. „Entschuldige. Das war..."

„Schon gut", unterbrach ihn Samantha. Sie atmete tief und hörbar schwer ein. „Wir sind Soldaten, nicht wahr? Es gehört zum Berufsrisiko eines Soldaten, zu sterben."

„Jetzt klingst du wie Hammond“, sagte er.

„Wenn er recht hat, ist das nichts Schlimmes.“

„Ich wollte auch eigentlich nur sagen, daß mir das mit Mortensen wirklich leid tut“, sagte Jack. Er fühlte sich immer unbehaglicher. Dies schien zu einer jener Situationen zu werden, in denen alles falsch war, ganz egal, was immer er auch sagte oder tat. Vielleicht hätte er gar nicht herkommen sollen. Jemandem Trost zu spenden, war vielleicht nicht immer der richtige Weg. Möglicherweise brauchte sie einfach eine Weile, in der sie ganz allein sein konnte.

„Soll ich gehen?“ fragte er offen.

Sam schüttelte den Kopf. Dann tat sie etwas, was sie offensichtlich ebenso überraschte wie ihn selbst: Sie griff nach seiner Hand und hielt seine Finger einen kurzen Moment lang mit fast schmerzhafter Kraft fest. Im nächsten Moment zog sie ihre Hand fast erschrocken wieder zurück. Sie wirkte verlegen. „Entschuldige“, murmelte sie.

O'Neill schwieg einen Moment. „Mortensen“, sagte er dann. „War er...“

„Mein Geliebter?“ Sam schüttelte heftig den Kopf. „Nein. Wir hatten nichts miteinander. Er war einfach nur ein guter Freund. Und er war... noch so verdammt jung. Wußtest du, daß er das jüngste Mitglied des SG-Teams war?“

Jack verneinte.

„Zweiundzwanzig“, fuhr Samantha leise fort. Sie begann ihre Finger zu kneten. „Nächste Woche wäre er dreiundzwanzig geworden. Wir hatten vor, eine kleine Party zu feiern. Und jetzt...“ Sie schwieg ein paar Sekunden. „Ich verstehe selbst nicht, warum mir sein Tod so nahe geht. Ich meine, es... es ist nicht das erste Mal, daß wir einen Mann verlieren. Nicht einmal ein ganzes Team. Ich dachte immer, ich hätte mich daran gewöhnt, aber...“

Jack verstand nur zu gut, was sie meinte. Es gab Dinge, an die man sich nie gewöhnte, und der Gedanke an den Tod eines geliebten Menschen gehörte eindeutig dazu. Man konnte ihn für eine Weile verdrängen, aber irgendwann kam er unweigerlich zurück. Vielleicht war es das, was sie letzten Endes *wirklich* von den Goa'uld und ihren Schergen unterschied.

„Zwischenfälle wie der von heute machen uns unsere eigene Sterblichkeit wieder bewußt", sagte er leise. „Vielleicht ist das manchmal nötig." Er seufzte tief, dann änderte er das Thema und die Tonlage. „Hammond erwartet uns in einer halben Stunde. Wenn du willst, entschuldige ich dich."

Sam schüttelte fast erschrocken den Kopf.

„Also gut." Jack stand auf. „Dann sehen wir uns in einer halben Stunde, Captain."

Er ging, ohne eine Antwort abzuwarten, aber an der Tür blieb er noch einmal stehen und drehte sich zu ihr herum. Sam saß noch immer nach vorne gebeugt auf der Bank, aber sie starrte nicht mehr ins Leere. Sie hatte das Gesicht in beiden Händen vergraben.

DIE HOFFNUNG SCHLÄGT ZURÜCK

1

Der Raum war groß, dunkel und vollkommen leer. Boden und Wände schienen aus glänzend poliertem Stein oder mattem Metall zu bestehen, und die gegenüberliegende, mindestens vierzig oder fünfzig Meter entfernte Wand war in der Mitte geteilt. Vielleicht eine Art Tor. Der Anblick erinnerte O'Neill an irgend etwas, aber er konnte nicht sagen, woran.

„Das sind die letzten Bilder, die uns die Sonde übertragen hat“, erklärte Hammond. „Sie hörte im gleichen Moment auf, Daten und Bilder zu senden, in dem die Männer von SG-4 das SternenTor betraten.“

Er drückte einen Knopf auf dem in die Tischplatte vor ihm eingelassenen Schaltpult und ließ seinen Blick nachdenklich in die Runde schweifen. Jack war nicht sicher, aber es kam ihm so vor, als ob er auf Sams Gesicht eine Winzigkeit länger verharrte als auf denen der anderen. Hammond hatte sich mit keinem Wort nach ihrem Befinden erkundigt, seit sie herein gekommen waren, aber das hatte auch keiner von ihnen erwartet.

„Sehen wir uns an, was passiert ist“, fuhr er fort. Das Bild auf dem wandfüllenden Monitor wechselte und zeigte nun den vertrauten Anblick der Transportkammer. Fünf Männer in gefleckten Kampfanzügen bewegten sich hintereinander die Rampe zum SternenTor hinauf. Das Tor war eingeschaltet. Wo normalerweise die schmucklose Rückwand der Transportkammer zu sehen war, schimmerte nun etwas, das wie die um neunzig Grad gekippte Oberfläche eines kreisrunden Sees aus Quecksilber aussah. Selbst auf der Abbildung glaubte Jack die unvorstellbaren Energien zu spüren, die nötig waren, um dieses Loch in die Wirklichkeit zu stoßen und lange genug aufrecht zu erhalten, um es als Weg zu den Sternen zu benutzen.

„Schauen Sie genau hin“, sagte Hammond.

Die Männer von SG-4 traten einer nach dem anderen in den Kreis aus zitterndem Silber hinein und verschwanden. Als Mortensen als letzter an der Reihe war, löste Jack für einen ganz kurzen Moment seinen Blick vom Monitor und sah Samantha an. Sie hatte sich ausgezeichnet in der Gewalt. Jack sah wieder auf den Monitor.

Mortensen verschwand wie die Männer vor ihm in der Scheibe aus purer Energie. Aber er blieb nicht verschwunden.

Nach allerhöchstens zwei oder drei Sekunden *explodierte* er regelrecht wieder aus dem SternenTor heraus, taumelte mit wild rudernden Armen und eingehüllt in einen roten, sprühenden Nebel rückwärts die Rampe herunter und brach an ihrem Fuß wie vom Blitz getroffen zusammen. Auf dem Monitor begannen Männer durcheinander zu rennen. Schreie und das mißtönende Quäken einer Alarmsirene drangen aus den Lautsprechern, und Hammond schaltete den Bildschirm ab.

„Großer Gott", flüsterte Daniel. „Was... was war das?"

„Keine Waffe der Goa'uld", sagte Teal'c. Nach einer Sekunde schränkte er ein. „Zumindest keine, die ich kenne."

„Es war überhaupt keine Waffe." Hammond bedachte nacheinander David und den Jaffa mit einem leicht mißbilligenden Blick und wandte sich dann an Fraiser. „Habe ich recht, Doktor?"

Fraiser nickte. Sie wirkte ein ganz kleines bißchen irritiert. Hammond war scheinbar etwas gelungen, was höchsten Seltenheitswert hatte: Er hatte sie überrascht.

Jack genoß den Anblick für einen Moment. Wenn es bei den Mitgliedern des SternenTor-Teams eines gab, dem man seine wahre Natur nicht ansah, dann war es Doktor Fraiser. Die zierliche, knapp dreißigjährige Frau mit dem schulterlangen braunen Haar und dem schmalen Gesicht wäre ohne Probleme als Samanthas kleine Schwester durchgegangen, und in einem anderen Kleid und mit einer bunten Schleife im Haar hätte sie sich auf jeden College-Ball schmuggeln können, ohne aufzufallen. In Wirklichkeit war sie eine der besten Wissenschaftlerinnen dieses Landes, wenn nicht der Welt. Es gelang selten jemandem, sie aus der Fassung zu bringen.

„So weit ich das bis jetzt sagen kann, ja", sagte sie schließlich. „Natürlich habe ich bisher nur eine oberflächliche Obduktion durchführen können, doch das Ergebnis ist eindeutig: Lieutenant Mortensen ist den Folgen einer spontanen Dekompression erlegen."

Jack starrte sie an. Daniel riß ungläubig die Augen auf, während Sam nur die Stirn runzelte und Teal'cs Gesicht vollkommene Verständnislosigkeit spiegelte.

„Anders ausgedrückt", sagte Hammond, „der Lieutenant ist gestorben, weil sein Körper einem vollkommenen Vakuum ausgesetzt gewesen ist."

„Wie bitte?" krächzte Daniel.

„Der menschliche Körper wurde von der Natur für das Leben auf der Erdoberfläche konstruiert, Doktor Jackson", sagte Fraiser. „In unserem Körper herrscht der gleiche Druck, der normalerweise von außen auf uns lastet, nämlich eine Atmosphäre. Wenn dieser äußere Druck nun nachläßt, nimmt der Innendruck relativ dazu an. Das ist zum Beispiel der Grund, aus dem gewisse Tiefseefische regelrecht explodieren, wenn man sie an die Wasseroberfläche holt. Dasselbe passiert einem Menschen, wenn er dem Vakuum ausgesetzt wird – das Blut und die Gase im Körper haben noch den gewohnten Druck, aber der Gegendruck fehlt. Ihr Blutplasma drängt durch die Poren nach außen. Ihre Augäpfel explodieren und die Flüssigkeit in ihren Zellen..."

„Das genügt, Doktor Fraiser", sagte Hammond rasch. Er hob gleichzeitig die Hand, um sie vollkommen zum Schweigen zu bringen, streifte Carter mit einem besorgten Blick und fügte noch hinzu: „Ich denke, wir wissen alle, wie gefährlich ein schlagartiger Druckabfall ist. Die spannende Frage ist: Wieso?"

„Aber das ist doch vollkommen unmöglich!" protestierte Daniel. „Ich meine: Der Roboter! Kein Team geht auf eine unbekannte Welt, ohne daß der Robotor vorausgeschickt wurde!"

„Vielen Dank für diesen Hinweis, Doktor Jackson", sagte Hammond kühl. „Aber ich kann Sie beruhigen. Der Roboter hat Daten gefunkt, und das Ergebnis lag durchaus innerhalb vertretbarer Toleranzen. Ich habe die Daten selbst überprüft. Nach dem, was die Drohne gemeldet hat, herrschten am Zielort annähernd erdähnliche Umweltbedingungen. Luftdruck, Gravitation, Zusammensetzung der Atmosphäre, Temperatur..." Er hob die Schultern. „Ungemütlich, aber nicht gefährlich." Er sah Fraiser an. „Was hat die Auswertung der Daten ergeben, die Mortensens persönlicher Computer aufgezeichnet hat?"

Fraiser blätterte in den Papieren, die sie mitgebracht hatte, obwohl Jack vollkommen sicher war, daß sie jedes Wort davon auswendig kannte. Sie hatte ein fotografisches Gedächtnis, verheimlichte dies aber meistens; vielleicht, um ihre Mitmenschen nicht noch mehr zu frustrieren.

„Gravitation: 0,7", las sie vor. „Ungefähr vergleichbar mit der auf dem Mond. Außentemperatur: Minus 127 Grad Celsius. Luftdruck: Null."

„Aber das ist doch... vollkommen unmöglich", murmelte Daniel.

„Das habe ich auch gedacht, im ersten Moment", bestätigte Hammond. „Vor allem, nachdem zwischen der letzten Datenübertragung des Roboters und Lieutenant Mortensens Rückkehr genau 3,2 Sekunden lagen. Abzüglich der Zeit, die der eigentliche Transport in Anspruch nimmt, also gerade einmal *eine* Sekunde." Er sah Daniel an. „Was sagten Sie gerade, Doktor Jackson? *Vollkommen unmöglich?*"

2

Daniel nickte, und Hammond pflichtete ihm mit einer identischen Bewegung bei. Er drückte eine Taste. Auf dem

Monitor erschien jetzt wieder das letzte Bild, das die Drohne übertragen hatte: Die Wand einer riesigen, nur von den wenigen Lichtfingern der Dohnenscheinwerfern erhellten Halle, die von einer dünnen, senkrechten Linie in der Mitte geteilt war.

„Es sei denn, das da ist kein Tor, sondern ein Schott", fuhr Hammond fort. Er ließ seinen Blick beifallheischend in die Runde schweifen. „Die Erklärung ist im Grunde ganz simpel, meine Damen und Herren. Planet SX-226-A ist kein Planet."

„Sondern?" fragte Samantha.

„Ein Raumschiff", antwortete Hammond. Er wies auf den Monitor. „Das da ist weder ein Saal noch eine Zeremonienhalle. Es ist ein Hangar. Jemand hat gemerkt, daß unsere Leute kamen, und die Tür aufgemacht."

Ein paar Augenblicke herrschte absolutes Schweigen. Alle starrten auf den Bildschirm, und vermutlich hing jeder seinen eigenen, mehr oder weniger düsteren Gedanken nach. Schließlich fragte Samantha:

„Aber... warum? Wir haben ihnen nichts getan!"

„Sind Sie sicher, Captain?" fragte Hammond. Irgend etwas in seiner Stimme ließ O'Neill aufhorchen.

„Sicher?" Sam blinzelte. „Verzeihung, Sir, aber ich fürchte, ich verstehe nicht ganz, worauf Sie hinauswollen."

„Dabei ist es doch im Grunde ganz einfach, Captain", sagte Hammond. Die Andeutung eines Lächelns stahl sich auf sein normalerweise ausdrucksloses Gesicht; für einen Mann wie Hammond eine schon fast unerhörte Gefühlsregung. „Wer kommt normalerweise durch das Sternen-Tor? Ich meine, außer den Trupps, die wir selbst hineinschicken?"

„Die Goa'uld", sagte Teal'c an Carters Stelle.

Hammond nickte selbstgefällig. „Unsere Feinde", sagte er. „Wir haben unsere Irisblende, die wir schließen, wenn jemand kommt, den wir nicht hier haben wollen.“ Er deutete auf den Bildschirm. „Sie haben vielleicht einfach eine Tür, die sie aufmachen.“

3

„Ich glaube, ich weiß, worauf sie hinauswollen“, sagte O’Neill. Er deutete auf den Monitor. „Wenn die Menschen, die Planet SX-226-A beherrschen, die Goa’uld nicht mögen, dann sind sie möglicherweise die Feinde unserer Feinde.“

„Und damit vielleicht unsere Freunde“, fügte Daniel hinzu.

„Ja“, sagte Hammond. „Nicht notwendigerweise, aber vielleicht.“ Er legte eine dramatische Pause ein. „Meine Damen und Herren, dies ist vielleicht ein historischer Moment. Wir haben den Feind unseres Feindes gefunden. Und damit zumindest einen potentiellen *Verbündeten.*“

Für eine Sekunde wurde es sehr still, und dann begannen bis auf Hammond und O’Neill plötzlich alle durcheinander zu reden. Der Gedanke, endlich – endlich! – einen mächtigen Alliierten im Kampf gegen das eine halbe Galaxis umspannende Terrorregime der Goa’uld gefunden zu haben, hatte etwas ungemein Verlockendes, und doch konnte Jack die Euphorie seines Teams nicht nachempfinden. Wenn sie etwas brauchten, dann war es zweifellos ein Verbündeter, der Feind ihres Feindes. Sie waren so wenige, und sie waren so machtlos! Die Goa’uld beherrschten die Galaxis seit fünftausend Jahren – mindestens, wenn nicht sehr, sehr viel längere Zeit! – und niemand wußte, wie viele Welten die Goa’uld zu ihrem direkten Einflußbereich zählten. Sie hatten allein mehr als fünfzigtausend Transportcodes für ein einziges SternenTor gefunden, und wer zum Teufel sagte ihnen, daß es nur diese eine Schnittstelle zwischen den Welten gab? Nein, sie hatten nicht einmal eine Vorstellung davon, wie groß die Macht der insektoiden Parasiten wirklich war. Aber so oder so: Das Verhältnis war nicht fair. Der Kampf hieß nicht: David gegen Goliath. Er hieß: Eine Ameise gegen Dschingis Khans Horden. Es war einfach nicht *fair!* Wem wollte er es verdenken, wenn er nicht nur mit beiden Händen nach einem Strohhalm griff, der sich ihm bot, sondern sich mit einem verzweifelten Hechtsprung danach warf?

Niemandem. Hammond am Allerwenigsten.

Aber das bedeutete nicht, daß Jack automatisch mit allen seinen Entscheidungen konform ging. Er erinnerte sich nur zu gut daran, daß sie schon einmal geglaubt hatten, einen Verbündeten gefunden zu haben. Ein Trugschluß, der Teal'c und ihm um ein Haar das Leben gekostet hätte...

„Colonel O'Neill? Würde es Ihnen etwas ausmachen, mir einen Moment Ihrer kostbaren Aufmerksamkeit zukommen zu lassen?"

4

Um ein Haar wäre O'Neill zusammengezuckt wie ein schuldbewußter Schüler. „Sir?"

Hammond deutete wieder auf den Monitor. „Es steht vollkommen außer Frage, daß wir noch einmal dorthin müssen..."

„SG-1 kann in zehn Minuten aufbrechen", sagte Daniel eifrig.

Jack schenkte ihm einen schrägen Blick. Daniel war ein prima Kerl, aber manchmal mußte man ihn daran erinnern, *wer* SG-1 leitete.

„Aber es steht ebenso außer Frage, daß wir dabei mit äußerster Vorsicht vorgehen müssen", fuhr Hammond ungerührt fort. „Wir haben fünf Männer verloren. Fünf zu viel." Er wandte sich an Fraiser. „Was hat die Untersuchung der Blende ergeben?"

„Dazu wollte ich gerade kommen." Fraiser begann wieder in ihren Papieren zu blättern, warf aber nicht einmal einen Blick darauf. „Wir haben Reste von organischer Substanz gefunden. Die Untersuchungen laufen noch, aber ich kann jetzt schon sagen, daß es sich um menschliches Gewebe handelt."

Jack war nicht der einzige, der sie überrascht anstarrte.

„Goa'uld ?" fragte Daniel schließlich.

Fraiser deutete ein Achselzucken an. „Ich halte nichts davon, herumzuraten. Warten wir das endgültige Ergebnis der Untersuchungen ab. Aber etwas an diesen... Resten ist ungewöhnlich."

„Was?" fragte Hammond.

„Mikropartikel", antwortete Fraiser. „Ich habe eine große Anzahl mikroskopisch kleiner Partikel gefunden, die in die Oberfläche des Blendenmaterials eingedrungen sind. Etwas Hochenergetisches ist gegen die Blende geprallt."

„Wieviel Energie hatte es?" fragte Hammond.

Fraiser wiederholte ihr Schulterzucken. „Das läßt sich unmöglich sagen, ohne zu wissen, was es war. Aber der Einschlagtiefe nach zu schließen..." Sie tat so, als müsse sie einen Moment überlegen. „Ich würde sagen, daß die Geschwindigkeit im Augenblick des Aufpralls mindestens zweihundertfünfzig bis dreihundert Stundenkilometer betragen hat. Wahrscheinlich mehr."

„Da hatte es jemand ziemlich eilig", sagte Carter.

Fraiser runzelte die Stirn. „Sie verstehen anscheinend nicht, Captain", sagte sie ernst. „Ein Körper, der das SternenTor betritt, erfährt keinerlei meßbare Beschleunigung. Sie haben es doch selbst oft genug getan: Sie kommen mit der gleichen Geschwindigkeit am Zielort an, mit der Sie auf der anderen Seite hineingegangen sind. Was immer an der Blende zerschmettert ist, ist mit dreihundert Stundenkilometern auf der anderen Seite *hineingesprungen.*“

5

Sie hatten SX-226-A kurzerhand auf den Namen *Hope* – Hoffnung – getauft. Daniel, Teal'c und ungefähr achtzig Prozent der beeindruckenden Computerkapazität der StarGate-Basis hatten den Rest des Tages damit verbracht, nach Informationen über die Welt zu suchen, die sich hinter diesem euphorischen Namen verbarg.

Das Ergebnis war ernüchternd: Es gab keine. Das allein bedeutete nach Jacks Meinung erst einmal gar nichts. Die Anzahl möglicher Zielkoordinaten war so gewaltig, daß er im Gegenteil eher überrascht gewesen wäre, *hätten* sie etwas gefunden. Er sah Daniel und dem Jaffa ungefähr eine Stunde lang dabei zu, wie sie sich durch die Datenbänke des Computernetzwerks wühlten, dann gab er es auf und zog sich in sein Quartier zurück, um etwas auf Vorrat zu schlafen.

Das schrille Quäken einer Alarmsirene riß ihn aus seinem unruhigen Schlaf.

Jack sprang hoch, riß seine Jacke vom Stuhl und war schon halb auf dem Korridor, bevor er sie endlich übergezogen hatte. Das Heulen der Sirene war außerhalb seines Quartiers fast unerträglich. Männer hasteten hin und her, manche von ihnen bewaffnet und einige von ihnen ziemlich kopflos. Das flackernde rote Licht zerhackte ihre Bewegungen zu stroboskopischen Einzelbildern. Eine Computerstimme plärrte etwas, das er nicht verstand. Das einzige, was er mitbekam war, daß der Alarm aus der Transportkammer kam.

Teal'c und Daniel stießen zu ihm, als er in den Gang hineinstürmte, der zum eigentlichen SternenTor führte.

O'Neill hatte bisher nicht einmal auf die Uhr gesehen, aber den dunklen Ringen unter Daniels Augen und dem teigigen Glanz seiner Haut nach zu urteilen mußte es spät in der Nacht sein.

„Was ist passiert?" keuchte er.

„Keine Ahnung!" schrie Daniel zurück. „Irgend jemand versucht anscheinend, zu uns durchzukommen!" Das massive Panzerschott vor dem Eingang der Transportkammer hatte sich bereits wieder geschlossen. Ohne innezuhalten, stürmten sie daran vorbei, rasten eine schmale Treppe hinauf und drängten hintereinander in den Kontrollraum. Die stählernen Jalousien vor den Fenstern waren heruntergelassen, so daß sie das SternenTor selbst nicht sehen konnten, aber dafür zeigte ein gutes Dutzend Monitore jedes noch so winzige Detail der grausamen Geschehnisse, die sich in der Transportkammer abspielten. Vor dem riesigen Rund des aktivierten SternenTor tobte ein erbarmungsloser Kampf.

Jack trat mit ein paar schnellen Schritten an eines der Kontrollpulte heran. Er registrierte zwei Tatsachen: General Hammond schien ebenso wenig Schlaf wie Daniel und Teal'c zu benötigen, denn er stand nur zwei Schritte neben ihm und starrte mit steinernem Gesicht auf die Monitore, und die automatische Selbstvernichtung hatte sich nicht eingeschaltet. Was immer durch das SternenTor gekommen war, hatte dies getan, nachdem jemand das Tor von dieser Seite aus eingeschaltet hatte.

Jack konnte nicht genau sagen, was es war, aber es war klein, unvorstellbar schnell und zahlreich, und es tötete die Soldaten, die sich in der Transportkammer aufhielten. Der Kampf tobte noch immer mit gnadenloser Härte, aber er war praktisch schon vorbei. An seinem endgültigen Ausgang bestand nicht der geringste Zweifel. Seit der Alarm O'Neill geweckt hatte, waren allerhöchstens zwei Minuten vergangen. Trotzdem lagen vier der sechs diensthabenden Soldaten bereits reglos am Boden. Die beiden Überlebenden hatten sich in den toten Winkel unter dem Fenster zurückgezogen und feuerten aus ihren automatischen Waffen auf etwas, das einfach zu *schnell* war, um es genau zu erkennen. Jack hatte das den bizarren Eindruck einer Flut von... *Gummibällen,* die auf die Männer zuhüpfte und -rollte.

6

„Großer Gott, was... ist das?" stieß Daniel erschüttert hervor.

„Ich habe nicht die geringste Ahnung", antwortete Hammond. „Aber es ist gleich vorbei." Er streckte die Hand nach einem Schalter aus, und Jack griff blitzartig zu und hielt seinen Arm fest.

„Was haben Sie vor?" fragte er – vollkommen überflüssig. Er kannte die Bedeutung dieses Schalters. Jeder hier im Raum kannte sie.

„Lassen Sie meine Hand los, Colonel", antwortete Hammond ruhig. „Die Männer sind nicht mehr zu retten. Ich tue ihnen einen Gefallen."

Jack starrte auf den Schirm, der das fürchterliche Geschehen aus gleich mehreren Blickwinkeln zeigte. Die Waffen der beiden Männer wüteten fürchterlich unter den Angreifern. Sie hatten auf Dauerfeuer geschaltet und schossen, was die Magazine hergaben. Dutzende der fußballgroßen... *Geschöpfe* wurden einfach zerfetzt und in Stücke gerissen. Aber es waren einfach zu viele. Und sie waren unvorstellbar schnell. Was hatte Fraiser gesagt? Zweihundertfünfzig bis dreihundert *Stundenkilometer?* Mindestens. Wenn die Geschöpfe koordiniert angegriffen hätten, hätten sie die beiden Männer längst überrollt. Der einzige Grund, aus dem sie überhaupt noch am Leben waren, war, daß die Kreaturen eben *nicht* gezielt angriffen, sondern offenbar blindwütig alles attackierten, was ihnen in den Weg kam.

„Colonel!“ sagte Hammond scharf.

Jack starrte den Bildschirm an. Eine der Kameras hatte einen toten Marine erfaßt – genauer gesagt das, was einmal ein Marine gewesen war. Der Körper war kaum noch als der eines Menschen zu erkennen. Er hatte kein Gesicht mehr. Seine linke Hand und sein gesamter rechter Arm fehlten, und unter seiner Uniform bewegte sich etwas; wie eine zu groß geratene Ratte, die sich gierig in ihre Beute hineinfraß...

O'Neill schloß die Augen und ließ Hammonds Handgelenk los.

„Lassen Sie mich dort hinein, Sir“, verlangte Teal'c. „Mit meiner Waffe kann ich sie vielleicht vernichten.“

„Niemand geht dort hinein, Teal'c“, sagte Hammond. „Wenigstens nicht für die nächsten fünf Stunden.“

Er drückte die Taste. Einer der Soldaten hörte auf zu schießen – vermutlich war sein Magazin leer – und eine halbe Sekunde später fielen die Angreifer wie eine hüpfende Lawine über ihn her. Jack wandte sich schaudernd ab. Er konnte die Augen vor den gräßlichen Bildern schließen, die der Monitor übertrug, aber was er nicht konnte, war den *Schreien* zu entrinnen, die aus den dazugehörigen Lautsprechern drangen. Er hatte noch nie einen Menschen so schreien hören.

Wenigstens dauerte es nicht lange. Das VX-Gas, mit dem die Transportkammer nach Hammonds Knopfdruck geflutet wurde, wirkte sehr schnell. Als er das nächste Mal auf den Monitor sah, waren darauf nur noch zähe grüne Schwaden zu erkennen. Die Schreie hatten aufgehört.

„Oh mein Gott!“ flüsterte Daniel. Sein Gesicht war grau vor Schrecken. „Was... was war das?“

Hammond deutete ein Achselzucken an. Er starrte mit ausdruckslosem Gesicht auf einen der Monitore. Jack konnte auch jetzt nichts als ein träges, grünes Wogen erkennen, aber er war ziemlich sicher, daß Hammond darauf etwas vollkommen anderes sah. „Wir haben einen zweiten Roboter zur *Hope* geschickt“, sagte er. „Sie sind aufgetaucht, kaum daß die Maschine durch war; praktisch in der gleichen Sekunde. Als hätten sie auf der anderen Seite gewartet.“ Er machte eine Kopfbewegung auf den Monitor vor sich. „Sie haben es selbst gesehen – man konnte nicht erkennen, was sie sind. Wir müssen uns die Tapes ansehen.“

„Das wird nicht nötig sein, General“, sagte eine Stimme hinter ihnen. Jack, Hammond und Teal'c drehten sich gleichzeitig und sehr schnell herum, und Fraiser fuhr nach einer winzigen Pause fort: „Wenn Sie mich in mein Labor begleiten, kann ich Ihnen zeigen, wie sie aussehen.“

Jack hatte nicht einmal gemerkt, daß sie hereingekommen war, aber dem unsicheren Flackern in ihrem Blick nach zu schließen stand sie wohl schon lange genug da, um zumindest einen Teil des grausamen Geschehens mit angesehen zu haben

Hammond nickte. Er sagte nichts zu Fraiser, sondern wandte sich an einen der Techniker. „Sendet der Robotor noch?“

„Keine Bilder. Aber jede Menge Daten.“

„Gut. Zeichnen Sie noch fünf Minuten auf, dann schließen Sie das SternenTor. Die Transportkammer bleibt bis auf Weiteres versiegelt.“

7

Fraiser drehte sich herum und verließ den Kontrollraum. Hammond folgte ihr, und Jack, Daniel und nach kurzem Zögern auch Teal'c schlossen sich ihnen an. Keiner von ihnen sprach, und auch draußen auf dem Gang herrschte eine schon fast unnatürliche Stille. Jacks Blick streifte die Gesichter der beiden schwerbewaffneten Marines, die vor dem versiegelten Schott der Transportkammer Aufstellung genommen hatten. Ihre Minen waren zu Stein erstarrt, aber natürlich wußten sie, was das flackernde rote Licht über der Tür zu bedeuten hatte.

Jack beschleunigte seine Schritte ein wenig, um zu Hammond aufzuschließen, der hoch aufgerichtet und mit schon fast unnatürlich gestrafften Schultern drei Meter hinter Fraiser herging.

„Sir?"

„Colonel?" Hammond starrte weiter auf Fraisers Rücken. Seine Stimme war flach.

„Ich möchte mich..." Jack räusperte sich unbehaglich, „... für mein Benehmen entschuldigen, Sir."

„Entschuldigen?" Hammond lachte, leise und sehr bitter. „Sie brauchen sich nicht zu entschuldigen, Colonel", sagte er. „Ich muß mich entschuldigen. Bei den sechs guten Männern, die dort drinnen ums Leben gekommen sind. Sie hätten nicht zu sterben brauchen, wenn ich nachgedacht hätte, statt übereilt zu handeln. *Hope!*" fügte er fast verächtlich hinzu.

Jack sagte nichts mehr dazu, aber er verstand, was Hammond meinte. Sie alle hatten einfach zu lange und zu verzweifelt nach einer Waffe gegen die Goa'uld gesucht. Vielleicht hatte Hammond die Büchse der Pandora geöffnet, weil sich etwas in ihm einfach zu sehr gewünscht hatte, die Lösung ihrer Probleme gefunden zu haben, aber wahrscheinlich hätte er selbst an seiner Stelle nicht anders gehandelt.

Kurz bevor sie Fraisers Labor erreichten, stieß Samantha Carter zu ihnen. Sie kam im Laufschritt näher, war vollkommen außer Atem und sah etwas derangiert aus – offensichtlich war er wohl doch nicht der einzige in dieser Anlage, der wenigstens ab und zu einmal schlief – aber ein einziger Blick in ihr Gesicht machte Jack klar, daß sie wußte, was geschehen war. Vermutlich kam sie direkt aus der Kommandozentrale.

Fraiser steuerte mit schnellen Schritten ein überdimensionales Computerterminal an und bedeutete ihnen mit einer Geste, hinter ihr Aufstellung zu nehmen. „Ich habe die letzten Stunden damit zugebracht, das organische Material zu analysieren, das wir von der Rückseite der Irisblende gekratzt haben“, begann sie. „Wie ich Ihnen ja bereits gesagt habe, war es nicht besonders schwer herauszufinden, daß es sich nicht um menschliches Gewebe handelte. Übrigens auch nicht um tierisches – jedenfalls nicht in dem Verständnis, daß wir von tierischem Gewebe hier auf der Erde haben.“

Jack biß sich auf die Zunge, um nichts zu sagen, und tauschte einen bezeichnenden Blick mit Sam. Fraiser war für ihre langen und weitschweifigen Erklärungen berüchtigt, und vor allem dafür, wie sehr sie es trotz ihrer Intelligenz und Bildung genoß, mit ihrem High-Tech-Spielzeug anzugeben. Keiner von ihnen war hierhergekommen, um sich anzuhören, was sie schon wußten. Aber selbst Hammond faßte sich in Geduld. Die beste Methode, etwas von Fraiser zu erfahren, war immer noch, sie einfach reden zu lassen.

„Es ist mir gelungen, die DNA der Lebensform zu isolieren, von der die Proben stammen“, fuhr Fraiser fort und drückte eine Taste auf ihrem Computer. Auf dem

Monitor erschien ein farbiges Abbild der typischen Doppelhelix eines DNA-Strangs. Jack verstand nicht allzu viel von solchen Dingen, aber für ihn sah das Gebilde auf dem Monitor nicht besonders außerirdisch aus.

„Was ist das?“ fragte Teal’c. Samantha verdrehte die Augen, und auch Daniel wurde noch ein bißchen blasser, aber es war zu spät. Fraiser hatte jemanden gefunden, der sich für ihre Erklärungen *interessierte.*

„Das ist einer der kleinsten Bausteine des Lebens“, erklärte sie strahlend. „Natürlich ist es nur eine Computersimulation, aber sie dürfte der Wirklichkeit ziemlich nahe kommen. Ein solcher Strang befindet sich in jeder einzelnen Zelle eines Körpers – auch Ihres, Teal’c.“

Der Jaffa legte die Stirn in Falten. Zu Jacks Erleichterung stellte er keine weitere Frage – aber das war auch gar nicht nötig.

„Es würde zu weit gehen, jetzt wirklich ins Detail zu gehen“, fuhr Fraiser fort, „aber Tatsache ist, daß in diesem DNA-Strang sozusagen die Bauanleitung für das gesamte Lebewesen steht, zu dem er gehört. Mit anderen Worten...“

„Sie können herausfinden, wie es ausgesehen hat“, sagte Teal’c. Fraiser blinzelte. Sie war nicht die einzige, die den Jaffa beinahe fassungslos anstarrte. „Nun... ja“, sagte sie schließlich. „Es ist in der Praxis nicht ganz so einfach, wie Sie es ausgedrückt haben, aber im Prinzip... ja.“ Sie drückte ein paar Tasten. Das Abbild der sich langsam drehenden Doppelhelix verschwand und machte einer primitiven Vektorgrafik Platz, die ganz allmählich an Komplexität und Tiefe zuzunehmen begann.

„Ich habe hier ein neues Programm, das im Prinzip genau das tut. Es analysiert die DNA und versucht aus den vorhandenen Informationen ein Abbild des Lebewesens zu extrapolieren, zu dem die Probe paßt. Wobei das im vorliegenden Fall nicht ganz einfach war. Die DNA scheint zu einer Lebensform zu gehören, die sich ähnlich wie ein Schmetterling entwickelt: Aus einer Art Raupe, klein und fast unauffällig, entwickelt sich irgendwann ein großer, strahlender Schmetterling."

„Raupe", krächzte Jack. „Waren etwa... diese *Bälle*, die über unsere Männer hergefallen sind, nichts weiter als Raupen?"

„Ja, genauso kann man es sehen", bestätigte Fraiser ungerührt. „Der prinzipielle Unterschied zu irdischen Raupen liegt im Zeitfaktor: Das Larvenstadium dürfte nach meinen Berechnungen schon nach wenigen Stunden abgeschlossen sein. Wobei dann die spannende Frage bleibt: Was entwickelt sich aus den Larven?"

„Moment, Moment", wandte Daniel ein. „Sagten Sie nicht, es wäre eine außerirdische Lebensform?" Jack hätte ihn erwürgen können. „Ich meine: Selbst wenn dieses Programm bei Lebewesen von der Erde funktioniert – woher wollen Sie wissen, daß es auch bei einem echten Alien klappt?"

„Weil gewisse Dinge offensichtlich überall im Universum gleich sind", antwortete Fraiser. „Wir haben hunderte von Proben von hunderten unterschiedlicher Welten analysiert. So verschieden die Pflanzen und Tiere auf anderen Welten auch aussehen mögen, das zugrundeliegende Prinzip scheint überall das gleiche zu sein. Vielleicht ist es die einzige Möglichkeit, auf die Leben überhaupt entstehen kann. Wußten Sie, daß eine Menge Wissenschaftler die Theorie vertreten, daß das Leben in dieser ganzen Galaxis auf einen einzigen Ursprung zurückzuführen ist?"

„Nein", antwortete Hammond. „Und es spielt im Moment auch keine Rolle. Bitte verzeihen Sie, Doktor, aber wir sind alle im Moment etwas müde. Können Sie uns zeigen, wie diese... Kreaturen aussehen?"

„Mit nahezu neunzigprozentiger Wahrscheinlichkeit, ja“, antwortete Fraiser. Sie klang ein wenig gekränkt, drückte aber trotzdem eine weitere Taste, und das Bild auf dem Monitor begann sich plötzlich sehr viel schneller zu entwickeln. Jack sah mit einer Mischung aus Faszination und Entsetzen zu, wie aus dem abstrakten Gebilde innerhalb von weniger als einer Minute eine fotorealistische, dreidimensionale Grafik wurde.

Sie zeigte ein Geschöpf, das auf unheimliche Weise zugleich fremd und bizarr wie fast vertraut wirkte, so als hätte jemand Teile verschiedener Lebewesen genommen und zu einer neuen, bizarren Kreatur zusammengesetzt. Es hatte einen kurzen, massigen Körper, der von einem polierten braunen Schuppenpanzer wie dem eines Gürteltieres bedeckt wurde, das aber über sechs kleine und zwei übergroße, kräftige Hinterbeine und einem Paar furchteinflößender Kieferzargen verfügte. Seine Augen waren groß und in unzählige kleine Facetten unterteilt, und zusätzlich zu den Mandibeln besaß es noch einen langen, mit rasiermesserscharfen Dornen ausgestatteten Schwanz. Wenn es überhaupt mit etwas zu vergleichen war, dann vielleicht mit einer Kreuzung zwischen einem Kakerlaken und einem größenwahnsinnig gewordenen Floh.

„Ist diese Darstellung... maßstabgetreu?“ flüsterte Hammond.

„Seine Größe dürfte ungefähr fünfundzwanzig bis dreißig Zentimeter betragen“, sagte Fraiser. „Aber begehen Sie nicht den Fehler, es deshalb für harmlos zu halten.“

„Harmlos?“ stöhnte Sam. „Wer hat etwas von *harmlos* gesagt?“

„Es ist eindeutig ein Insekt“, fuhr Fraiser mit – zumindest nach Jacks Meinung – vollkommen unangemessenem Entdeckerstolz in der Stimme fort. „Sicher wissen Sie alle, wie stark Insekten sind. Aber das da hat nichts mit irdischen

Insekten zu tun. Dieses kleine Miststück da ist wahrscheinlich in der Lage, eine fünf Zentimeter dicke Stahlplatte zu durchbeißen, ohne sich dabei sonderlich anzustrengen." Sie warf Hammond einen nachdenklichen Blick zu. „Es war völlig richtig, das Gas freizusetzen, General. Die Türen hätten diesen Ungeheuern nicht lange Stand gehalten."

„Sind Sie sicher, daß das Gas sie getötet hat?" fragte Daniel.

„Vollkommen. VX wirkt absolut tödlich auf jede Art von organischem Gewebe." Fraiser schüttelte beruhigend den Kopf. „Einerseits bedauere ich es fast. Ich meine, ich hätte gerne eines von diesen Dingern seziert, statt mich mit einer Computeranimation zufrieden zu geben, aber andererseits... sie sind *wirklich* gefährlich."

Jack drehte sich zu Teal'c herum. Der Jaffa blickte konzentriert auf den Monitor, aber anders als Sam und Daniel wirkte er nicht erschrocken oder gar angeekelt, sondern... *interessiert.* „Hast du so etwas schon einmal gesehen?"

Teal'c schüttelte den Kopf. „Niemals. Es ist häßlich."

„Es ist mehr als das", sagte Fraiser. „Es ist die tödlichste Kreatur, die mir jemals untergekommen ist. Sie haben erlebt, wie schnell bereits die Larven sind. Und sie können ganz offensichtlich wenigstens für eine gewisse Zeit selbst unter extremsten Umweltbedingungen überleben. Im Hangar der Hope herrscht Vakuum, vergessen Sie das nicht." Sie schüttelte den Kopf. „Und dazu kommt noch etwas."

„Noch mehr gute Nachrichten?" fragte Sam.

Fraiser blieb ernst. „Sie sind eingeschlechtlich. Das heißt, es braucht nur ein Exemplar, um sich fortzupflanzen. Und wenn es auch in dieser Hinsicht seinen irdischen Verwandten gleicht, dürfte die Fortpflanzungsrate extrem hoch sein. Glauben Sie mir: Wenn auch nur ein einziges dieser Biester entkommen wäre..."

Sie sprach nicht weiter, aber das war auch nicht nötig.

„Wir müssen das SternenTor schließen", sagte Daniel nervös. „Wir müssen die Hope von unserer Seite aus versiegeln."

„Machen Sie sich nicht lächerlich, Doktor", sagte Hammond. „Es sind nur Tiere. Gefährliche Tiere, aber trotzdem nur Tiere. Besteht die Möglichkeit, daß sie intelligent sind?"

Die Frage galt Fraiser, die sie mit einer Mischung aus Schulterzucken und einem Kopfschütteln beantwortete. „Vermutlich nicht. Aber Daniel hat vollkommen recht, meiner Meinung nach. Löschen Sie die Koordinaten der Hope aus dem Computer. Oder noch besser: Öffnen Sie das SternenTor noch einmal und schicken Sie eine Bombe hindurch. Die größte, die Sie finden."

Mehr als alles, das sie zuvor gesagt hatte, machte Jack klar, wie sehr sie der Anblick der Kreatur erschreckt hatte. Fraiser paßte zumindest in *einer* Beziehung nicht hierher: Sie war überzeugte Pazifistin.

„Das wäre nicht gut", sagte Teal'c.

Alle starrten ihn überrascht an. Teal'c ergriff selten von sich aus das Wort – und noch viel seltener die Initiative, außer im Kampf.

„Wieso?" fragte Hammond.

„Die Bilder, die Ihre Maschine von dem Ort gemacht hat, den Sie *Hope* nennen", sagte er. „Kann ich sie noch einmal sehen?"

„Selbstverständlich", sagte Hammond. „In meinem..."

„Ich habe sie hier." Fraiser schlug mit der flachen Hand auf den Monitor. „Schließlich sind wir total vernetzt. Einen Moment."

Ihre Finger flogen über die Tastatur. Das Abbild des Killerkakerlaken machte wirbelndem Schnee und dann den Aufnahmen Platz, die die erste Drohne von der anderen Seite des SternenTors geschickt hatte. Teal'c blickte mit großer Konzentration auf den Bildschirm. Er ließ Fraiser die Aufnahme insgesamt achtmal wiederholen, dann gab er ihr ein Zeichen, den Monitor abzuschalten und nickte.

„Ja, ich erinnere mich jetzt", sagte er. „Es ist sehr lange her, und ich habe es auch nur ein einziges Mal und sehr kurz gesehen. Aber nun bin ich sicher."

„Sicher? Wessen?" fragte Hammond.

Teal'c deutete auf den erloschenen Schirm. „Es ist ein sehr altes Modell, aber trotzdem: Das da ist ein Schlachtschiff der Attok'k."

„Attok'k?" wiederholte Hammond stirnrunzelnd. „Wer zum Teufel sind die *Attok'k?*"

Teal'c sah ihn ausdruckslos an. „Die alten Feinde der Goa'uld", sagte er. „Die einzigen, die sie je besiegt haben."

DER ATEM DES TODES

1

Obwohl mehr als vierundzwanzig Stunden vergangen waren, seit die Pumpen das VX-Gas aus der Transportkammer gesaugt hatten, glaubte O'Neill noch immer einen schwachen, süßlichen Geruch wahrzunehmen, der in der Luft hing. Über jeden Quadratzentimeter des Bodens, der Wände und der Einrichtung schien sich ein feiner Nebel organischer Materie gelegt zu haben, und hier und da glaubte er noch ein Gewebestück der Käferlarven zu erkennen, aus denen sich fürchterliche Insekten entwickelt hätten, wären sie nicht gerade noch rechtzeitig von dem tödlichen Gas eliminiert worden...

Nichts davon war real. Die Transportkammer war nicht nur gereinigt, sondern gleich dreimal hintereinander *sterilisiert* worden. Hammonds Putzkommando hatte das wenige, was der zersetzenden Wirkung des Gases entgangen war, in einem fünftausend Grad heißen Feuer verbrannt, und selbst wenn es in der Luft noch den Geruch des Gases gegeben hätte, so hätte er ihn gar nicht wahrnehmen können, denn er trug wie alle anderen einen versiegelten Anzug und atmete Sauerstoff aus einem Rückentank. Es war nur das Wissen um das, was hier geschehen war, das ihm zu schaffen machte. Und offensichtlich nicht nur ihm.

Es war unmöglich, die Gesichter der anderen zu erkennen, denn sie verbargen sich genau wie sein eigenes hinter den verspiegelten Scheiben der wuchtigen Helme, die sie trugen, aber ihre Bewegungen wirkten abgehackt und nervös, und ihre Haltung war zu angespannt.

Kein Wunder, wenn man bedachte, was vor ihnen lag...

O'Neills Blick tastete nervös über den rotierenden äußeren Ring des SternenTors. Vier der sechs Klammern waren bereits eingerastet, und die fünfte glitt genau in diesem Moment mit einem dumpfen Klacken an ihren Platz. Die Irisblende war geschlossen. Noch wenige Augenblicke.

Die Lautsprecher in seinem Helm erwachten mit einem leisen Knacken zum Leben, und er hörte Hammonds Stimme. „Colonel O'Neill, wir beginnen jetzt damit, den Sauerstoff abzupumpen. Sind Sie bereit?"

„Ja, Sir", antwortete Jack.

„Bereit, Sir", pflichtete ihm Samantha bei. Daniel meldete sich ebenfalls, und Teal'c sagte wie üblich gar nichts, sondern beließ es bei einem knappen Nicken. Der Jaffa war der einzige, den Jack erkannte, ohne auf den

Schriftzug auf seinem Helm sehen zu müssen. Selbst in der abenteuerlichen Kombination aus einem Raumanzug und einer mittelalterlichen Rüstung, die er trug, überragte er die anderen noch um ein gutes Stück. Außerdem hielt er seine Strahlenlanze in der rechten Hand. Als die letzte Klammer einrastete, schaltete er sie ein und richtete sie auf die Mitte der geschlossenen Irisblende.

Jack wartete darauf, daß irgend etwas geschah, aber das einzige, was ihm bewies, daß der Luftdruck in der Transportkammer tatsächlich rapide sank, war die entsprechende Anzeige auf dem klobigen Gerät, das er am linken Handgelenk trug.

Der äußere Ring des SternenTors hatte aufgehört zu rotieren, und unter ihren Füßen begann das wohlbekannte dumpfe Rumoren der Reaktoren. Auf der anderen Seite der Irisblende wurde jetzt ein Loch in die Wirklichkeit gestoßen, das möglicherweise bis zum anderen Ende der Milchstraße reichte. Vielleicht auch nur bis ins nächste Sonnensystem. Genau diese Frage zu beantworten war eines der Ziele ihrer Mission.

„Luftdruck null“, meldete sich Hammond. „Das Tor steht. Bis jetzt ist alles ruhig.“

Was für O'Neill ganz und gar nicht galt. Er konnte nur noch mit Mühe das Verlangen unterdrücken, die Waffe von der Schulter zu nehmen und auf das Tor zu richten. Er lauschte gebannt. Alles, was er hörte, war das Geräusch seines eigenen Atems. Er konnte nichts hören, ohne Luft, die den Schall leitete. Trotzdem bildete er sich ein, ein Trommelfeuer dumpfer, weicher Schläge zu hören; wie Tennisbälle, die gegen die Rückseite der Blende prallten.

„Bisher ist alles ruhig“, sagte Hammonds Stimme in seinem Helm, so als hätte der General seine Gedanken gelesen – was in diesem Moment vermutlich nicht besonders schwer war. „Sieht so aus, als hätte Doktor Fraiser recht. Fünf Minuten."

2

Eine Ewigkeit. O'Neills Atem ging so schnell, daß er sich ernsthaft fragte, ob der Luftvorrat auf seinem Rücken überhaupt so lange halten würde. Sein Herz raste. Daniel trat nervös auf der Stelle, und auch Samantha bewegte sich unruhig. Nur Teal'c stand wie zur Salzsäule erstarrt da.

Er nutzte die Zeit, um die Ereignisse der vergangenen vierundzwanzig Stunden noch einmal Revue passieren zu lassen. Das Gespräch in Fraisers Labor war nach Teal'cs überraschender Eröffnung keineswegs beendet gewesen; ganz im Gegenteil. Wäre er nicht ebenso perplex gewesen wie alle anderen, so hätte er den Augenblick sicherlich genossen, denn es war eine der wenigen Gelegenheiten gewesen, bei denen Hammond die Beherrschung verloren hatte. Es hätte nicht viel gefehlt, und er hätte den Jaffa am Kragen gepackt und geschüttelt.

„Attok´k?! Wollen Sie damit sagen, daß es eine Zivilisation dort draußen gibt, die den Goa'uld mit Erfolg Widerstand geleistet hat?" Hammonds Gesicht hatte angefangen, sich allmählich rot zu färben.

„Es war nur eine Legende", hatte Teal'c geantwortet, zwar so ruhig und gelassen wie immer, aber trotzdem in einem leicht irritierten Tonfall. Er verstand den Grund für Hammonds Erregung offenbar gar nicht. „Ich hielt sie nicht für wichtig."

„Nicht wichtig?!" Hammonds Augen waren ein Stück weit aus den Höhlen gequollen. „Teal'c! Wissen Sie, was Sie da reden?! Legende oder nicht – jede Information, die mit potentiellen Feinden der Goa'uld zu tun hat, ist wichtig!

Wie... wie konnten Sie so etwas einfach *vergessen?* Legende oder nicht!"

„Verzeihen Sie, Sir – aber auch Sie haben mir nie von König Arthur erzählt."

„König... Arthur?"

Teal'c hatte auf Daniel gedeutet. „Er hat mir davon erzählt. Der König, der im Augenblick der größten Gefahr zurückkommen und das Land retten wird."

Hammond hatte sich kurz herumgedreht und Daniel einen Blick zugeworfen, der kommendes Unheil versprach, sich dann aber wieder an Teal'c gewandt: „Das ist doch... etwas anderes. Ein Märchen."

„Wie die Geschichte von den Attok´k. Niemand hat sie ernst genommen."

„Ich nehme an, weil die Goa'uld es nicht gerne gehört hätten", hatte sich Daniel eingemischt, wohlweislich allerdings, ohne direkt in Hammonds Richtung zu blicken. „Die meisten Mythen und Legenden haben einen wahren Kern. Ich glaube nicht, daß es den Goa'uld gefallen hätte, wenn sich herumspricht, daß es ein Volk gibt, das sie besiegen konnte."

„So ganz anscheinend wohl doch nicht", hatte Hammond geknurrt. „Ansonsten wären dort draußen jetzt Attok´k, nicht Goa'uld ."

„Sie konnten sie nicht besiegen." Teal'cs Kopfschütteln war fast zornig. „Im Gegenteil. Es heißt, die Goa'uld wären dem Untergang nahe gewesen. Die Attok´k haben sich selbst zerstört. Sie schufen eine Waffe, der sie am Ende nicht mehr Herr wurden, und sie selbst vernichtete."

„Colonel?"

Der leicht ungeduldige Ton in Hammonds Stimme machte Jack klar, daß ihn der General vermutlich nicht zum ersten Mal ansprach.

„Sir? Entschuldigung."

„Schon gut", antwortete Hammond. „Alles in Ordnung bei Ihnen?"

„Selbstverständlich, Sir."

„Gut. Bisher ist alles ruhig. Wir öffnen jetzt die Blende. Wenn sich irgend etwas auf der anderen Seite bewegt, dann schießen Sie sofort. Gleich, was es ist."

Jack antwortete nicht mehr, aber er nahm nun doch das Gewehr von der Schulter und legte auf das Zentrum der Blende an; ebenso wie Sam und Daniel. Teal'c spreizte ein wenig die Beine, um festen Stand für einen sicheren Schuß zu haben.

3

Er spürte eine ganz leise Vibration, dann öffnete sich in der Mitte der Blende ein vielleicht faustgroßes Loch. Dahinter schimmerte das flackernde Quecksilber des künstlichen Wurmlochs. Die Blende stand einen Moment still und öffnete sich dann weiter. Die Öffnung maß jetzt vielleicht einen Meter; mehr als genug Platz für die Killerkakerlaken oder ihre Larven, um hindurch zu kommen. Nichts geschah. Vielleicht hatte Fraiser ja recht, dachte Jack nervös, und die Killerinsekten spürten tatsächlich irgendwie den Sauerstoff auf der anderen Seite und wurden davon angelockt.

„Wir machen jetzt ganz auf", sagte Hammond. „Achtung!"

Die Irisblende öffnete sich summend zur Gänze, und vor ihnen lag nun wieder das gewohnte, unwirkliche Schimmern der Energiebarriere. Nichts kam hindurch.

„Der Robotor sendet wieder", meldete sich Hammond. „Keine Bilder, aber genug Daten, um Fraiser für die nächsten zwei Monate glücklich zu machen. Auf der anderen Seite erwartet Sie das vollkommene Vakuum.

Keine erkennbaren Anzeichen von Leben. Fraisers Theorie scheint zu stimmen.“

„Ich hoffe es“, murmelte O’Neill. „Erinnern Sie mich daran, daß ich ihr einen ausgebe, sobald wir zurück sind. *Falls* wir zurückkommen.“

„Das werden Sie, Captain“, mischte sich Fraisers Stimme ein. Natürlich hatte sie mitgehört. Hammond hatte sie fast mit Gewalt davon abhalten müssen, sie bei diesem ersten Ausflug zur Hope zu begleiten. „Ich bestehe auf Ihrer Einladung. Und ich habe einen ziemlich kostspieligen Geschmack.“

Jack grinste nervös. „Kein Problem. Ich spendiere Ihnen den teuersten Kaffee, den ich im Kantinenautomaten finde.“

„Schluß jetzt“, sagte Hammond streng. „Colonel, brechen Sie auf. Und – Jack.“

„Ja, Sir?“ Jack gab Teal’c einen Wink, der sich jedoch als überflüssig erwies. Der Jaffa hatte Hammonds Befehl ebenso deutlich gehört wie er und setzte sich bereits in Bewegung.

„Fünf Minuten, und keine Sekunde länger“, erinnerte Hammond. „Sie kommen nach fünf Minuten zurück, ganz egal, was Sie finden. Das ist ein Befehl!“

„Jawohl, Sir“, antwortete Jack knapp. Er hatte nicht einmal vor, die fünf Minuten zu bleiben, von denen Hammond gesprochen hatte. Wäre es nach ihm gegangen, hätte er Fraisers Vorschlag aufgegriffen und irgend etwas im Megatonnen-Bereich zur Hope geschickt. Er hatte noch niemals solche Angst vor einem Transport gehabt, nicht einmal beim allerersten Mal.

Teal’c hatte mittlerweile den aufrecht stehenden Silberspiegel erreicht und war stehengeblieben. Vorsichtig schob er die Spitze seiner Strahlenlanze hindurch. Er schien darauf zu warten, daß etwas geschah.

„Warte, Teal'c", sagte Jack. „Ich gehe als erster."

„Jawohl, Sir", antwortete Teal'c und trat durch das SternenTor. O'Neill fluchte, beschleunigte seine Schritte und sprang dicht hinter dem Jaffa in das Wurmloch. Im letzten Moment glaubte er das leise, schadenfrohe Lachen Fraisers in seinem Kopfhörer zu vernehmen, dann brach es schlagartig ab, und im gleichen Sekundenbruchteil hörte auch das gesamte Universum rings um ihn herum auf zu existieren.

4

Er würde sich nie daran gewöhnen. Es war ein kurzes, reißendes Saugen, dann der Sturz in einen Abgrund, der so tief war, wie das Universum selbst. Sein Magen stülpte sich nach außen, und wäre er in der Lage gewesen, irgend etwas zu tun, so hätte er vermutlich geschrien. Er war es nicht, denn physikalisch hatte er keinen Körper mehr, sondern existierte nur noch als die *Idee* dessen, was er einmal gewesen war. Fraiser hatte ihm erklärt, daß ein Körper, der das SternenTor betrat, keinerlei meßbare physikalische Beschleunigung erfuhr, und er glaubte ihr, aber sein Gefühl sagte ihm, daß er mit so ungeheuerlicher Geschwindigkeit in Nichts gerissen wurde, daß sein Verstand schon vor dem bloßen *Versuch* kapitulierte, sie zu erfassen. Er wirbelte durch eine millionenfach gewundene Möbiusschleife aus vorüber sausenden Sternen und Galaxien...

... und stolperte einen Schritt hinter Teal'c aus dem SternenTor. In seinem Kopf drehte sich alles. Seine Knie zitterten. Er stand so unsicher auf den Beinen, daß er um ein Haar gegen den Jaffa geprallt wäre und ihm nur im letzten Moment noch auswich. Etwas war anders gewesen als sonst, vollkommen anders. Er hatte immer noch angst. Trotzdem trat er mit einem raschen Schritt neben Teal'c, brachte seine Waffe in Anschlag und schwenkte ihren Lauf langsam von links nach rechts und wieder zurück. Hinter ihnen traten Daniel und Carter aus dem SternenTor und nahmen rechts und links von ihnen Aufstellung.

„Es scheint... alles ruhig zu sein“, sagte Carter nach einer Weile.

So weit man das sagen kann, dachte Jack. Sehr viel *sehen* konnte man jedenfalls nicht. Die Scheinwerfer, die wie ein drittes, hoch gelegenes Zyklopenauge in ihre Helme eingebaut waren, stießen vier zitternde, weiße Lichtstrahlen in die Dunkelheit, aber alles, was dahinter und dazwischen lag, blieb vollkommen unsichtbar. Es konnte nichts sein, ebensogut aber auch eine ganze Armee der tödlichen Killerinsekten, die langsam näher kroch...

Jack verscheuchte den Gedanken. Er billigte den kleinen Mistviechern mehr Intelligenz zu, als sie vermutlich besaßen. Fraiser hielt sie für eine Art Schädling, für gefährliches Ungeziefer. Die galaktische Version von Ratten. Mit etwas Glück hatte das VX-Gas die ganze Bande erwischt.

Jack drehte den Kopf von rechts nach links und wieder zurück. Sowohl der zitternde Scheinwerferstrahl als auch der Lauf seines Gewehrs folgten der Bewegung. Er sah nichts außer nacktem Metallboden und ein wenig Staub. Keine schnappenden Mandibeln. Keine reißenden Kiefer. Sie waren allein.

„Hier ist alles klar“, meldete sich Daniel. Er klang nervös. Sam stimmte ihm zu, und Teal'c sagte wie üblich gar nichts.

„Anscheinend hatte Fraiser recht“, murmelte Daniel nervös. „Sie scheinen alle weg zu sein. Oder tot.“

„Ja, vielleicht“, antwortete Jack. „Trotzdem – seid vorsichtig. Wenn ihr irgend etwas seht, das mehr als zwei Beine hat und keinen Raumanzug trägt, dann schießt.“ Er erschrak fast, als er sich selbst zuhörte. Das klang so wenig nach ihm, daß er sich einen Moment lang ganz ernsthaft fragte, ob *er* diese Worte tatsächlich ausgesprochen hatte. Irgend etwas war hier... falsch. Er hatte immer noch Angst. Es waren keine Insekten da, keine unmittelbar drohende Gefahr, aber das spielte keine Rolle. Es war dieser *Ort*, der ihm Angst machte.

5

Dabei gab es gar nicht viel zu erkennen. Hinter ihnen ragte der doppelte Ring des SternenTors in die Höhe, und unmittelbar neben Teal'c stand eine der beiden Robotordrohnen, ein wenig schräg, fast wie ein gestrandetes Schiff. Die zweite schien ein gutes Stück weiter entfernt und in nicht annähernd so gutem Zustand zu sein: sämtliche Antennen und Rezeptoren waren abgerissen. Von den schweren Vollgummireifen waren nur noch die blanken Felgen zurückgeblieben, und selbst das massive Metall des Rumpfes wies deutliche Bißspuren auf: Das war eindeutig nicht das Werk der Larven, sondern der sich aus ihnen entwickelnden Killerkäfer.

Daniel war der erste, dem es auffiel. „Sie ist nicht da", sagte er.

„Was ist nicht da?" Jack drehte sich rasch zu ihm herum. Daniel hatte seine Waffe gesenkt und ließ seinen Scheinwerferstrahl unentwegt und immer schneller über einen Teil des Hallenbodens unmittelbar vor dem SternenTor tasten.

„Die Schaltstation", sagte er. „Es gibt keine. Sie ist nicht da!"

Er hatte recht. Jack und die anderen lenkten ihre Scheinwerferstrahlen in die gleiche Richtung wie er, aber es blieb dabei: Das runde Schaltpult, das sie bis jetzt – mit einer

Ausnahme – vor jedem SternenTor auf jeder Welt gefunden hatten, war verschwunden.

Jemand hatte es entfernt.

Daniels Scheinwerferstrahl blieb auf einer Anzahl regelmäßiger, symmetrisch angeordneter Vertiefungen hängen, die ungefähr dort im Boden gähnten, wo das Schaltpult hätte sein sollen. Wenn man genau hinsah, konnte man darin etwas erkennen, das an die abgeschnittenen Enden von Glasfaserkabeln erinnerte.

„Da wollte jemand aber ziemlich sicher gehen, daß dieses SternenTor nicht mehr eingeschaltet wird", meinte Daniel.

„Eine Minute ist vorbei, Sir", erinnerte Sam. Wichtiger war, was sie nicht gesagt hatte. Und was es – vor allem nach Daniels Entdeckung – für sie bedeutete. Hammond hatte ihnen fünf Minuten gegeben, um zurückzukommen. Er würde zwei weitere Minuten verstreichen lassen, und das SternenTor auf der Erde dann abschalten. Und ohne Schaltstation gab es keine Möglichkeit, es von dieser Seite aus zu aktivieren, um dann einfach ein paar Minuten später zur Erde zurückzukehren.

„Also gut", sagte er. „Wir haben viel zu tun. Los!"

Während der nächsten Minute brachen alle mit Ausnahme Teal'cs in eine so hektische Aktivität aus, wie es die klobigen Weltraumkampfanzüge, die sie trugen, überhaupt zuließen. Samantha und Jack stürzten sich auf die beiden Robotordrohnen und koppelten ihre Anzugcomputer an die entsprechenden Schnittstellen der Maschinen an. Zumindest der zweite Robotor hatte zwar genug Daten gesendet, um – wie Hammond es ausgedrückt hatte – Fraiser für Monate glücklich zu machen, aber vielleicht fand sich in den internen Datenspeichern der Maschinen doch noch das eine oder andere, was ihnen von Nutzen sein konnte. Der Download würde zwei Minuten beanspruchen. Somit blieben ihnen weitere drei Minuten, um sich diesen unheimlichen Ort anzusehen.

Daniel zumindest hatte schon damit angefangen. Er bewegte sich schwerfällig auf und ab, wobei er seinen Scheinwerferstrahl beständig über die Wände und den Boden tasten ließ. Obwohl es dort absolut nichts zu sehen gab, ließ ihn Jack gewähren. Daniel war nicht nur ein fähiger Archäologe und Sprachwissenschaftler, er verfügte auch über jenes seltene Talent, das den Unterschied zwischen einem fähigen Wissenschaftler und einem echten Entdecker ausmachte: Er besaß *Gespür.* Er erkannte Zusammenhänge, die eigentlich nicht zuerkennen waren, und manchmal ahnte er Dinge mit schon fast magischer Sicherheit voraus.

Jack kam nicht dazu, den Gedanken weiterzuverfolgen. Ohne jegliche Vorwarnung explodierte aus der Vorderseite einer der beiden Drohnen eine Flut grellweißen Lichts und tauchte die Hälfte des Raumes in schattenlose weiße Helligkeit, während der hintere Teil der Transportkammer in um so tieferer Dunkelheit zu versinken schien. Jack fuhr erschrocken zusammen, seine Hand zuckte zur Waffe. Erst ein von Carter hastig gerufenes „Verzeihung, Sir“ ließ ihn mitten in der Bewegung verharren.

O’Neill atmete innerlich auf. Carter hatte den Schalter gefunden, der den Scheinwerfer der Drohne aktivierte, das war alles. Beinahe schuldbewußt zog er seine Hand wieder von der Waffe zurück. Er war *wirklich* nervös.

„Schon besser“, sagte Daniel. „So sieht man wenigstens etwas.“

Ja, die Frage war nur, was, dachte Jack säuerlich. Er sah auf die Uhr. Noch eine Minute, bis der Datentransfer beendet war.

„Teal’c, wieso bist du eigentlich so sicher, daß das hier ein Raumschiff der Attok´k ist?“ fragte er.

„Ich kann es fühlen“, sagte er. „Sie nicht?“

Jack wollte instinktiv den Kopf schütteln, aber dann tat er es doch nicht. Fühlen? Da... war irgend etwas. Vielleicht das, was er bisher für reine Angst gehalten hatte.

„Ich finde diesen Ort auch unheimlich“, pflichtete ihm Daniel bei. „He... hier scheint so etwas wie ein... Schalter zu sein.“

„Nichts anrühren!“ sagte Jack scharf.

„Das hätte sowieso keinen Zweck“, antwortete Daniel enttäuscht. „Man braucht mindestens drei Hände, um ihn zu bedienen.“

„Dann lassen Sie sich nicht einfallen, sich eine dritte Hand wachsen zu lassen, Doktor“, sagte Jack. Noch zwanzig Sekunden. „Was genau meinst du mit *fühlen,* Teal'c.“

„Fremd“, antwortete der Jaffa. „Dieser Ort ist falsch. Menschen sollten hier nicht sein. Mein Goa'uld hat Schmerzen. Er will weg.“

„Dann solltest du ihn einfach gehen lassen“, witzelte Samantha, doch Teal'c blieb vollkommen gelassen. „Die alten Legenden sagen, daß die Attok´k und die Goa'uld keinen Grund brauchten, um Feinde zu sein. Sie waren zu unterschiedlich, um in der gleichen Galaxis existieren zu können.“

Wenn man sich hier so umsah, dachte Jack, dann konnte man das beinahe glauben. Dieser Ort hatte etwas... Böses. Etwas Fremdes und durch und durch Feindseliges, das ihm tief in seinen Gedanken zuzuflüstern schien: *Geh weg! Verschwinde von hier! Lauf, so lange du es noch kannst!*

Bevor er den Gedanken weiterverfolgen konnte, meldete sein Bordcomputer mit leisem Piepsen das Ende des Datendownloads. Jack stöpselte ohne zu zögern das Kabel aus, stand auf, und hörte Daniel sagen: „He! Man braucht doch nur...“

„Daniel!“ sagte Jack scharf. Er wirbelte herum, und im gleichen Moment ertönte ein dumpfer, klackender Laut, und die Wand vor Daniel teilte sich entlang einer senkrechten Linie vom Boden bis zur Decke und begann auseinanderzugleiten. Es geschah sehr schnell und vollkommen lautlos.

Der Anblick, der sich ihnen dahinter bot, ließ Jack alles vergessen, was er Daniel hatte sagen wollen. Und er machte zumindest aus einer ihrer zahlreichen Vermutungen und Theorien Gewißheit:

Sie *befanden sich* in einem Raumschiff.

Auf der anderen Seite des gewaltigen Tores lag die vollkommene Leere des Weltraums, und eingebettet darin ein Planet, eine orangefarbene Kugel, die in ein fast symmetrisches Muster aus Ozeanen und Kontinenten unterteilt war. Treibende Wolkenfelder bewiesen die Existenz einer Atmosphäre. Der Planet war weitaus größer, als es zum Beispiel die Erde vom Mond aus betrachtet war, was hieß, daß er entweder gigantisch sein mußte, oder sich das Schiff in einem relativ niedrigen Orbit befand.

„Mein Gott!“ flüsterte Daniel. „Das... das ist phantastisch!“ Und dann tat er etwas, was den anderen das pure Entsetzen in die Augen trieb: Er klammerte sich mit der linken Hand an den Rand des Schleusentores und schwang sich mit einer kraftvollen Bewegung nach draußen.

Jacks erschrockenes Keuchen und Teal'cs Bewegung kamen praktisch gleichzeitig. Der Jaffa griff zu und riß Daniel mit einem so brutalen Ruck wieder zurück, daß er vor Schmerz aufschrie und um ein Haar zu Boden gestürzt wäre.

„Verdammt, Teal'c!“ brüllte er. „Bist du verrückt geworden? Ich wollte doch nur...“

„Das reicht!“ sagte O'Neill scharf. „Wir gehen zurück. *Sofort!*“

Zumindest jetzt war Daniel klug genug, nicht noch einmal zu widersprechen, sondern sich herumzudrehen und wortlos auf das SternenTor zuzugehen. Ihre Frist war ohnehin fast abgelaufen. Jack war vermutlich nicht der einzige, der froh war, diesen unheimlichen Ort zu verlassen.

Samantha war die erste, die das SternenTor erreichte. Kurz davor drehte sie sich noch einmal herum, vielleicht um einen Blick auf den Planeten zu werfen, und vom oberen Rand des SternenTors fiel ein Killerkakerlake und landete zielsicher auf ihrer rechten Schulter.

Carter schrie gellend auf und warf sich herum, und Daniel und Jack rissen gleichzeitig ihre Waffen in die Höhe. Aber auch diesmal kam ihnen Teal'c zuvor. Mit einer Behendigkeit, die bei einem Mann seiner Größe schon fast absurd wirkte, wirbelte er herum und riß seine Strahlenlanze in die Höhe. Jack blieb nicht einmal mehr Zeit, einen Schreckensschrei auszustoßen. Wenn Teal'c schoß, war Carter verloren.

Aber Teal'c schoß nicht. Der viergeteilte Knauf am Ende der Lanze traf das Killerinsekt mit solcher Präzision und Wucht, daß es zehn Meter weit davongeschleudert wurde. Noch bevor es den Boden berühren konnte, feuerte Teal'c. Das Insekt wurde von einem orangefarbenen Energieblitz getroffen und in seine Atome aufgelöst.

„Da oben sind noch mehr!“ schrie Daniel.

„Paßt auf!“

6

Jack sprang hastig zwei Schritte zurück und riß seine Waffe in die Höhe. Daniel hatte recht. Auf dem oberen Rand des Metallringes saßen noch drei weitere Killerinsekten und starrten aus gefühllosen Augen auf sie herab. Jack wich zwei weitere Schritte zurück, visierte das mittlere der drei Ungeheuer durch die Laseroptik seines Gewehres an und tastete nach dem Abzug.

Er schoß nicht. Das Rieseninsekt starrte weiter in seine Richtung, aber es rührte sich nicht.

„Tot", murmelte Sam. Ihre Stimme zitterte. „Sie... sie sind... tot."

„Vielleicht", murmelte Jack. „Aber vielleicht auch nicht. Seid vorsichtig. Teal'c!"

Der Jaffa streckte den rechten Arm aus und berührte eines der Insekten vorsichtig mit der Spitze seiner Strahlenlanze. Das Geschöpf stürzte zu Boden und blieb reglos liegen. Teal'c löste es mit seiner Waffe auf, pflückte auf die gleiche Weise auch das zweite Insekt von der stählernen Konstruktion herunter und atomisierte es ebenfalls.

Als er die dritte und letzte Kreatur vom SternenTor schubste, hob Sam die Hand. „Halt."

Teal'c zögerte tatsächlich, legte seine Waffe aber trotzdem auf das tote Insekt an.

„Wir müssen es mitnehmen", sagte Sam.

„Mitnehmen?!" In Daniels Stimme schwang das pure Entsetzen mit.

„Bist du wahnsinnig?"

„Es ist tot", antwortete Sam. „Fraiser würde ihre rechte Hand dafür geben, um..."

„Schluß!" sagte Jack scharf. „Das Ding bleibt hier. Teal'c!"

Während der Jaffa das Rieseninsekt mit einem gezielten Feuerstoß aus seiner Strahlenwaffe auflöste, drehte sich O'Neill noch einmal herum und warf einen letzten Blick auf die rotbraune Planetenkugel draußen vor den Schleusentoren. Es war ein grandioser, fast schon majestätischer Anblick. Obwohl der Planet karg, trocken und alles andere als einladend aussah, strahlte er zugleich etwas Erhabenes aus.

Aber warum erfüllte ihn der Anblick dann zugleich mit einer Furcht, die schon fast an Todesangst grenzte?

O'NEILL UNTER DRUCK

1

Die nächste Besprechung fand erst wieder am darauffolgenden Morgen in Hammonds Büro statt. Der General wirkte erschöpft. Er war blaß, und seine Bewegungen ließen viel von ihrer normalen Präzision und Zielstrebigkeit vermissen. Wortlos forderte er sie auf, Platz zu nehmen und hob dann ebenso schweigend und rasch die Hand, als Jack das Gespräch eröffnen wollte. Offensichtlich wartete er noch auf jemanden.

Daniel, der auf der anderen Seite des Tisches Platz genommen hatte, wich O'Neills Blick geflissentlich aus, und das so deutlich, daß es schließlich selbst Hammond auffiel. Der General sah fragend von Jack zu Daniel und wieder zurück. Jack hatte Hammond gegenüber nichts von Daniels kleiner Extratour erwähnt, aber selbstverständlich hatte sich der General die Aufzeichnungen ihrer Anzugcomputer angesehen; samt der dazugehörigen Video- und Tonbänder. Jack hätte einen entsprechenden Kommentar erwartet, aber der blieb zu seiner großen Verwunderung aus.

Schließlich klopfte es an der Tür, und Doktor Fraiser kam herein, gefolgt von einem mittelgroßen, massig gebauten Mann schwer zu schätzenden Alters, der eine dunkelblaue Navy-Uniform trug. Sein Haar war zu einem kurzen Bürstenschnitt gestutzt, und sein Gesicht hätte durchaus sympathisch sein können, hätte nicht irgend jemand vor ein paar Jahren einmal versucht, es mit einem

Messer in zwei Hälften zu schneiden. Jack hielt vergeblich nach irgendwelchen Rangabzeichen Ausschau.

„Darf ich vorstellen: Captain Jenkins“, begann Hammond. Er stellte Jenkins umgekehrt in rascher Folge Fraiser und die Mitglieder von SG-1 vor, dann forderte er den Uniformierten mit einer Kopfbewegung auf, am anderen Ende des Tisches Platz zu nehmen, und fuhr an die Allgemeinheit gewandt fort: „Captain Jenkins ist im Auftrag des Präsidenten hier.“

„Des... Präsidenten?“ wiederholte Daniel. Er klang überrascht. Und ein bißchen erschrocken.

„Des Präsidenten der Vereinigten Staaten, Doktor Jackson“, sagte Jenkins lächelnd. „Sie erinnern sich? Der Mann im weißen Haus, der Ihre Gehaltsschecks unterschreibt.“

Daniel starrte ihn an, und Jack beschloß, Jenkins nicht zu mögen. „Captain Jenkins und sein Team werden uns helfen, das Schiff zu bergen“, fuhr Hammond ungerührt fort.

„Bergen?“ Daniels Augen wurden groß. „Sir?“

„Sie haben mich richtig verstanden, Doktor“, bestätigte Hammond. „Wir haben uns entschlossen, das Schiff zu bergen.“

Daniel sah nun eindeutig erschrocken aus, und selbst Teal'c hatte sich für einen Moment nicht mehr vollkommen in der Gewalt. Bevor einer von ihnen jedoch etwas sagen konnte, hob Hammond die Hand und sagte mit leicht erhobener Stimme: „Bitte! Mit sind alle Argumente für und gegen eine Bergung des Attok'k-Schiffes bekannt. Der Präsident und ich haben fast eine Stunde lang miteinander telefoniert und sie sorgsam gegeneinander abgewogen.“

„Bitte verzeihen Sie, Sir“, sagte Daniel. Er fuhr sich nervös mit der Zungenspitze über die Lippen. „Aber ich fürchte, Sie kennen noch *nicht* alle Argumente. Ich habe sehr lange mit Teal'c gesprochen, und ich glaube, daß es besser ist, wenn... wenn wir nicht wieder dorthin gehen. Ich halte es für viel zu gefährlich."

Hammond wollte auffahren, aber Jenkins kam ihm zuvor. „Darf ich fragen, was Sie zu diesem plötzlichen Meinungswechsel gebracht hat, Doktor?"

Daniel sah Hammond an, und er antwortete auch erst, nachdem Hammond ihn mit einem angedeuteten Nicken dazu aufgefordert hatte. „Die Legenden von Teal'cs Volk", sagte er. „Sie sind voll von Andeutungen und Hinweisen. Man muß genau hinsehen, um sie zu entdecken, aber wenn man erst einmal weiß, wonach man zu suchen hat, findet man sie überall. Für die Goa'uld scheinen die Attok´k so etwas zu sein wie..." Er suchte nach Worten. „Wie für uns der Teufel persönlich", sagte er schließlich.

Jenkins nickte. „Ich verstehe", sagte er nachdenklich. „Aber beantworten Sie mir doch bitte eine Frage, Doktor Jackson: Wenn ich Sie auffordern würde, Ihre Arbeit an einem wichtigen Projekt einzustellen, weil ich befürchte, daß Sie es mit dem Teufel zu tun bekommen – würden Sie auf mich hören?"

„Wenn ich während einer Ausgrabung auf seinen Schwanz getreten wäre, ja", sagte Daniel grimmig. „Sie waren nicht auf dem Schiff, Captain. Wir schon. Wir alle haben gespürt, daß mit diesem Ort etwas nicht stimmt."

„*Etwas nicht stimmt*", wiederholte Jenkins spöttisch. „Und was?" „Er ist böse", sagte Teal'c.

„Bitte!" Hammond beendete die Diskussion mit einer entschiedenen Handbewegung. „Die Entscheidung ist bereits gefallen. Captain Jenkins und sein Team werden Sie bei Ihrer nächsten Reise zur Hope begleiten."

„Wozu?" fragte Jack. „Ich meine: Dieses Schiff ist vermutlich tausende von Jahren alt. Und möglicherweise *zehntausende* von Lichtjahren entfernt."

„Neunhundertvierzig“, sagte Fraiser.

Jack blinzelte. „Wie?“

„Neunhundertvierzig“, wiederholte Fraiser. „Auf den Videobändern, die sie mitgebracht haben, sind einige sehr markante Sternenkonstellationen zu erkennen. Zusammen mit den Daten, die die Drohne dort gesendet hat, konnten wir die Position des Schiffes ziemlich exakt bestimmen.“

„Und das bedeutet, wir können es herholen“, sagte Hammond. „Wenn dieses Schiff so schnell ist, wie die Schiffe der Goa'uld, könnte es die Erde erreichen in...?“ Er sah Fraiser an.

„Vier Jahren“, antwortete Fraiser. „Ungefähr.“

Es dauerte einen Moment, bis Jack überhaupt begriff, was er da gehört hatte. Und noch ein paar mehr, bis er seine Sprache wiederfand.

„Sie... Sie wollen dieses Ding hierherbringen?“ keuchte er fassungslos.

„Falls es noch flugfähig ist, ja“, sagte Jenkins an Hammonds Stelle. Mit einem spöttischen Seitenblick in Daniels Richtung fügte er hinzu: „Und wir nicht auf irgendwelche Dämonen stoßen.“

„Sie sind ja... völlig wahnsinnig!“ keuchte Daniel. Hammond warf ihm einen mahnenden Blick zu, aber Daniel bemerkte ihn nicht einmal. „Sie wissen ja nicht, was Sie da reden!“

„Oh doch, Doktor, das weiß ich sehr wohl.“ Jenkins machte eine beruhigende Geste in Hammonds Richtung und drehte sich dann vollends zu Daniel um. Sein vernarbtes Gesicht ließ sein Lächeln zu einer Grimasse werden und machte es vollkommen unmöglich zu sagen, ob es ehrlich oder zynisch gemeint war. „Doktor Jackson, mir ist an einer Zusammenarbeit mit Ihnen gelegen. Deshalb sollten Sie verstehen, warum der Präsident und ich beschlossen haben, den Attok'k-Kreuzer zu bergen.“

Der Präsident und ich? dachte Jack. An Minderwertigkeitskomplexen schien Jenkins jedenfalls nicht zu leiden.

„General Hammond hat mich umfassend über die Lage informiert“, begann Jenkins. „Wir haben es mit einer Rasse außerirdischer Aggressoren zu tun, die nicht nur vollkommen rücksichtslos und eroberungssüchtig sind, sondern uns leider Gottes technisch auch haushoch überlegen. Im Moment sind wir hier relativ sicher – so lange sie keinen Weg finden, die Sicherheitssperre unseres SternenTor zu knacken.“

„Jetzt ist es schon *unser* SternenTor“, knurrte Daniel.

„Aber wie lange noch?“ fuhr Jenkins unbeeindruckt fort. „Was, wenn die Goa'uld die galaktische Position der Erde herausfinden? Und das werden sie, früher oder später! Sie wissen, daß es uns gibt, und Sie können ihr Leben darauf verwetten, daß sie fieberhaft nach uns suchen! Sie haben Raumschiffe, Doktor. Was wollen Sie tun, wenn diese Raumschiffe eines Tages über der Erde erscheinen und anfangen, unsere Städte zu bombardieren? Mit Steinen nach ihnen werfen? Wir brauchen dieses Schiff! Es ist vielleicht unsere einzige Chance, zu überleben!“

2

Daniels Gesicht verfinsterte sich. Jenkins wußte es vermutlich nicht, aber er erzählte Daniel nichts Neues.

Er war vor einer Weile bei einem fehlgeschlagenen Transport durch das SternenTor in ein paralleles Universum verschlagen worden, in dem ganz genau das geschehen war. Daniel hatte gesehen, wie Goa'uld-Schlachtschiffe die Oberfläche der Erde Stück für Stück in eine radioaktive Hölle verwandelt hatten.

Trotzdem schüttelte er nach zwei oder drei Sekunden den Kopf. „Es ist Wahnsinn“, beharrte er. „Und wahrscheinlich ist dieses Schiff sowieso nur noch ein Wrack. Der Krieg zwischen den Goa'uld und den Attok´k liegt mehr als fünftausend Jahre zurück."

„Die Schalttafel, an der Sie gegen Colonel O'Neills ausdrücklichen Befehl herumgefummelt haben, funktionierte jedenfalls noch hervorragend", sagte Jenkins ungerührt. „Selbst wenn es uns nicht gelingt, das Schiff wieder in Betrieb zu nehmen, stellt es einen unvorstellbaren Schatz dar. Unsere Technik könnte Jahrhunderte überspringen."

„Ja", grollte Daniel. „Fragt sich nur, in welche Richtung."

„Doktor", sagte Hammond. „Wie Captain Jenkins bereits gesagt hat: Die Entscheidung ist gefallen. Die Frage ist nicht, *ob* wir noch einmal auf dieses Schiff gehen, sondern wie, und was wir dort tun."

„Wahnsinn", murmelte Daniel. „Das ist vollkommener Wahnsinn. Ich lege offiziell Protest ein!"

„Zur Kenntnis genommen", sagte Hammond ruhig.

Daniel starrte ihn noch eine Sekunde lang an, dann sprang er mit einem Ruck auf, wirbelte herum und stürmte aus dem Raum. Die Tür flog krachend hinter ihm ins Schloß.

Jenkins blickte ihm kopfschüttelnd nach. „Ihre Leute scheinen nicht besonders diszipliniert zu sein, General."

„Doktor Jackson ist... manchmal etwas impulsiv", räumte Hammond ein. „Aber er ist ein brillanter Wissenschaftler. Wir legen hier keinen Wert auf Kadergehorsam, Captain."

Jack hatte Mühe, ein schadenfrohes Grinsen zu unterdrücken, als Jenkins leicht zusammenfuhr. Er hatte die Spitze genau verstanden. Aber er war auch selbst erstaunt. Daniel mochte manchmal impulsiv sein, aber es war nicht seine Art, so aus der Haut zu fahren wie gerade. Ebensowenig, wie es normalerweise Hammonds Art gewesen wäre, ein solches Betragen auch noch zu verteidigen. Er nahm an, daß Hammond Jenkins ebenso wenig mochte wie er selbst.

„Soll ich ihn zurückholen, Sir?“ fragte er.

Hammond verneinte. „Wir sind ohnehin fast fertig. Ich werde später mit Daniel reden. Captain Jenkins Seal-Team wird im Laufe des Tages hier eintreffen, zusammen mit einigen Spezialisten vom Pentagon und der NASA. Morgen früh Null-Siebenhundert ist der nächste Transport zur Hope geplant. Falls Sie und Ihre Leute daran teilhaben wollen, würde ich Ihnen raten, sich vorher gründlich auszuruhen. Keiner von uns weiß, was sie an Bord dieses Schiffes erwartet.“

„Der Tod“, sagte Teal'c.

„Ja, vielleicht“, erwiderte Jenkins lächelnd. „Aber machen Sie sich keine Sorgen – um genau das zu verhindern, werden meine Männer und ich Sie schließlich begleiten.“

Er schien auf eine Antwort zu warten, aber er kannte Teal'c noch nicht gut genug. Der Jaffa sprach nur, wenn er es für nötig hielt – und er hielt es nicht besonders oft für nötig. Nach einer Weile gab Jenkins auf und erhob sich.

„Wenn Sie mich nicht mehr brauchen, General... ich habe noch einige Vorbereitungen zu treffen.“

Hammond nickte, und Jenkins salutierte knapp und verließ ohne ein weiteres Wort den Raum. Nach kurzem Zögern folgten ihm Samantha, Fraiser und schließlich auch Teal'c, aber als Jack aufstehen wollte, gab Hammond ihm mit einem Blick zu verstehen, daß er noch dableiben sollte.

Als sie allein waren, fragte er offen heraus und ohne Umschweife: „Was halten Sie von ihm, Jack?“

„Jenkins?“ O'Neill hob die Schultern. „Ein harter Brocken.“

„Der Härteste“, bestätigte Hammond. „Aber auch der Beste. Wenn jemand für Ihre Sicherheit dort drüben garantieren kann, dann er. Trotzdem..." Er seufzte. „Die Idee gefällt mir so wenig wie Doktor Jackson. Wenn es nach mir gegangen wäre, hätten wir das Tor zur Hope geschlossen und die Koordinaten aus dem Computer gelöscht. Ich war gegen dieses Unternehmen. Aber der Präsident hat anders entschieden."

Das Schlimme war, daß Jack diese Entscheidung durchaus nachvollziehen konnte. Es wäre ein unverzeihlicher Fehler, so zu tun, als hätten sie das außerirdische Raumschiff nie gefunden. Und zugleich war es vielleicht ein noch größerer Fehler, es nicht zu tun. Was zum Teufel tat man in einer Situation, in der jede mögliche Entscheidung *falsch* war?

„Ich werde Ihnen nicht befehlen, mitzugehen, Jack", sagte Hammond. „Aber ich würde es begrüßen."

„Selbstverständlich, Sir", sagte Jack.

„Gut", antwortete Hammond. „Wenn Sie auf der Hope sind, Jack, dann müssen Sie ganz allein entscheiden, was Sie tun. Und – passen Sie auf Jenkins auf."

IM ANGESICHT DES TODES

1

Jack, Daniel, Samantha und Teal'c erschienen am nächsten Morgen pünktlich um fünf Minuten vor sieben in der Transportkammer. Trotzdem kamen sie zu spät. Das SternenTor war bereits eingeschaltet, und die Transportkammer voller Männer – mindestens ein Dutzend Gestalten, die die gleiche Art von Weltraumkampfanzügen trugen wie O'Neill und die anderen, aber bis an die Zähne bewaffnet waren. Gerade, als Jack eintrat, schoben vier von ihnen einen schwer beladenen Transportkarren durch den

Quecksilberspiegel, auf dessen vorderen Teil ein großkalibriges Maschinengewehr montiert war. Jack wunderte sich fast, daß sie nicht gleich einen ausgewachsenen A2-Panzer mitgebracht hatten, den modernen Nachfolger der Golfkrieg-Panzers M-1 Abrams. Aber vielleicht war der ja schon auf der anderen Seite.

Er drehte sich irritiert einmal im Kreis, suchte nach Hammond und entdeckte ihn schließlich hinter der Panzerglasscheibe des Kontrollraums. Hammond sah nicht besonders glücklich aus. Er erwiderte seinen Blick eine Sekunde lang reglos, dann zuckte er mit den Schultern und fügte eine Kopfbewegung auf eine der waffenstarrenden Gestalten hier unten hinzu. Jacks Blick folgte der Geste. Jenkins.

„Was ist hier eigentlich los?“ fragte Daniel. „Geht meine Uhr falsch, oder versteht man bei der Navy unter sieben etwas anderes als hier?“

„Keineswegs, Doktor Jackson.“ Daniel hatte nicht einmal besonders laut gesprochen, aber irgendwie hatte Jenkins seine Worte wohl doch verstanden, denn er drehte sich in diesem Moment zu ihnen herum und schenkte Daniel ein vernarbtes Grinsen. „Ihr Einsatz beginnt um Null-Siebenhundert. Meine Jungs und ich sind schon einmal vorausgegangen, um aufzuräumen.“

Er nickte Jack zu.

„Colonel O'Neill.“

Jack erwiderte seinen Gruß mit einem knappen Nicken und steinernem Gesicht. Er schwieg.

„Aufzuräumen?“ wiederholte Daniel alarmiert. „Was um alles in der Welt haben Sie getan, Sie Irrer?“

„Warum kommen Sie nicht mit und sehen es sich selbst an?“ Jenkins lächelte unbeirrt weiter und schüttelte dann den Kopf, als Daniel an ihm vorbeitreten und dabei den Helm aufsetzen wollte. „Den brauchen Sie nicht. Nehmen

Sie ihn mit, aber sparen Sie sich den Sauerstoff in den Tanks für später auf."

Daniel durchbohrte ihn regelrecht mit Blicken, sparte sich aber zumindest in diesem Moment den Atem für eine Antwort und marschierte mit schnellen Schritten an Jenkins vorbei die Rampe hinauf. Einen Moment später war er verschwunden. Jenkins blickte ihm kopfschüttelnd nach.

„Schade", sagte er. „Eigentlich mag ich ihn. Ich hatte gehofft, daß wir Freunde werden könnten."

O'Neill lag einen Moment eine passende Anwort auf der Zunge, aber er entschied sich dann doch lieber, Daniel wortlos zu folgen. Sie traten in das SternenTor und eine Sekunde später und mehr als neunhundert Lichtjahre entfernt auf der anderen Seite wieder heraus, und das erste, was Jack empfand, nachdem sich das Schwindelgefühl wieder gelegt hatte, war blankes Entsetzen.

Der Raum hatte sich so verändert, daß er ihn im ersten Augenblick kaum wiedererkannte. Jenkins hatte sie ja bereits darauf hingewiesen, daß es hier jetzt eine atembare Atmosphäre gab. Darüber hinaus war der Hangar jedoch von einem Dutzend großer Scheinwerfer taghell erleuchtet. Der dazu benötigte Strom stammte aus zwei wuchtigen Dieselgeneratoren, die die Luft mit einem dumpfen Dröhnen und dem Geruch nach verbranntem Dieselkraftstoff erfüllten. Ein Gewirr verschiedenfarbiger Kabel und Schläuche ringelte sich auf dem gestern noch makellosen Boden. Überall standen Kisten und olivgrüne Transportcontainer, und Jack zählte auf Anhieb mindestens zwei Dutzend Gestalten in klobigen Raumanzügen. Die meisten schienen zu Jenkins Seals zu gehören, aber nicht alle waren bewaffnet.

Jenkins trat hinter ihnen aus dem SternenTor, und Daniel fuhr ihn ohne Vorwarnung an. „Was zum Teufel geht hier vor? Ich denke, das ist ein kleiner Forschungstrupp?"

„Sie haben anscheinend noch nie einen großen gesehen", antwortete Jenkins fröhlich. „Regen Sie sich nicht auf, Daniel. Diese Männer und Frauen sind nicht nur die besten ihres Fachgebietes, sie sind auch absolut vertrauenswürdig."

„Für Sie immer noch *Doktor Jackson,* Captain", antwortete Daniel aufgebracht. „Und es interessiert mich nicht, wen Sie für vertrauenswürdig halten oder nicht. Bisher wußten auf der ganzen Welt keine zweihundert Menschen überhaupt von der *Existenz* des SternenTors. Und Sie, Sie bringen einen... Wanderzirkus hierher!"

Jenkins grinste weiter, aber Jack registrierte sehr wohl, daß seine Augen nicht mehr lächelten. „Wanderzirkus ist ein interessanter Ausdruck", sagte er. „Aber ich kann Sie beruhigen, Doktor Jackson. Hier sind sechs Ihrer Kolleginnen und Kollegen. Der Rest sind meine Männer. Seals. Sie würden sich eher in Stücke schneiden lassen, bevor sie auch nur ein Wort von dem verraten würden, was sie hier sehen." Er seufzte, dann wandte er sich demonstrativ an Jack. „Colonel O'Neill – wie geht es weiter? Wollen wir uns noch ein bißchen streiten, oder interessieren Sie sich für das, was wir entdeckt haben?"

„Falls es nicht versucht, uns aufzufressen."

Jenkins lachte kurz, dann drehte er sich herum und winkte. „Kommen Sie."

Er begann mit schnellen Schritten davonzugehen. Jack und die anderen folgten ihm, aber Jack fiel absichtlich ein kleines Stück zurück und trat an Daniels Seite. „Hör auf, dich mit ihm herumzustreiten, Daniel", sagte er. „Das bringt nichts. Außerdem macht es ihm wahrscheinlich noch Spaß." „Der Kerl ist doch komplett wahnsinnig!" ereiferte sich Daniel. „Verdammt, was würden wir wohl sagen, wenn eine ganze Armee fremder Lebewesen in eine streng geheime militärische Einrichtung eindringen und sofort damit beginnen würde, sie nach ihrem Geschmack umzubauen?“

„Mir gefällt es ja auch nicht“, räumte Jack ein. „Aber im Moment hat er hier nun einmal das Sagen. Also sollten wir gute Mine zum bösen Spiel machen und die Augen offen halten.“ Was er im wortwörtlichen Sinne meinte. Er war keineswegs bereit, sich von Jenkins auf Dauer das Kommando wegschnappen zu lassen, aber im Augenblick ging es um wichtigere Dinge, als sich mit dem Präsidentenfreund anzulegen.

Doch Daniel starrte ihn nur verständnislos an und hüllte sich für den Rest des Weges in beleidigtes Schweigen.

Jenkins führte sie zum anderen Ende des riesigen, sechseckigen Saales. Ein dunkelhaariger Mann und eine blonde junge Frau, die von zwei Seals mit angeschlagenen Waffen beschützt (oder bewacht?) wurden, machten sich an der Wand zu schaffen. Erst, als Jack fast heran war, sah er eine haarfeine, dünne Linie, die vor ihnen in die Höhe strebte und dann im 30-Grad-Winkel abknickte. Er folgte ihr mit Blicken. Die Linie bildete eine Wabe von gut zwei Metern Durchmesser.

„Das ist eine Tür!“ sagte Daniel überrascht.

„Das nehmen wir auch an.“ Die Blonde sah auf und lächelte Daniel flüchtig zu. „Das hier schient eine Art Schaltpult zu sein. Aber wir wissen nicht genau, wie es funktioniert.“

„Man braucht drei Hände, um es zu bedienen“, sagte Daniel. „Besser noch vier. Aber es geht zur Not auch mit zweien. Warten Sie – ich zeige es Ihnen.“

Er hob die Hand und wollte sich vorbeugen, aber Jenkins griff blitzschnell zu und riß seinen Arm mit fast schon brutaler Kraft zurück. „Sind Sie wahnsinnig?“

schnappte er. „Wollen Sie uns alle umbringen? Was ist, wenn dahinter keine Luft ist? Oder Ihre kleinen Krabbeltierchen auf uns warten?“

Daniel wurde sichtlich blaß. Er versuchte, sich gewaltsam loszumachen, schaffte es aber erst, als Jenkins sein Handgelenk losließ. „Und was tun wir jetzt?“ fragte er störrisch. „Auf keine Knöpfe mehr drücken, weil wir angst haben, es könnte etwas bewirken?“

„Wir drücken auf Knöpfe“, antwortete Jenkins. „Aber auf *meine* Art.“ Er hob sein Funkgerät an die Lippen und drückte die Sprechtaste. „Hier Jenkins. Alle Mann Helme auf und in Gefechtsbereitschaft. Das wissenschaftliche Personal zieht sich zum SternenTor zurück!“

2

Alles funktionierte mit der Reibungslosigkeit und Präzision einer gut geölten Maschine. Binnen einer Minute hatten Jenkins Seals ihre Anzüge geschlossen und einen weiten Halbkreis vor der Wand gebildet, in dessen Brennpunkt die wabenförmige Türöffnung lag. Auch Jack und die anderen ließen ihre Helme einrasten und gingen in Stellung.

Jenkins machte eine einladende Geste. „Bitte, Doktor. Drücken Sie nach Herzenslust auf Ihre Knöpfe.“

Daniel zögerte einen Moment. Erst, als O’Neill mit einem Nicken seine Zustimmung signalisierte, trat er unsicher vor und streckte die Hand aus. Jack konnte von seiner Position aus nicht erkennen, was er tat, aber nach einer Sekunde ertönte ein halblautes Knacken, und eine sanfte Vibration lief durch den Boden. Jenkins sprang blitzschnell vor und riß Daniel zur Seite.

Das Vibrieren wurde stärker. Aus der haarfeinen Linie auf der Wand wurde ein dunkelviolett leuchtendes

Sechseck, das plötzlich in sechs gleichschenklige Dreiecke zerfiel, die zischend in der Wand und im Fußboden versanken. Im violetten Licht sprudelte eine krabbelnde Flut kleiner, gepanzerter Ungeheuer aus der Öffnung.

Teal'c feuerte als erster. Seine Energiewaffe sengte eine lodernde Spur aus schmelzendem Chitin und brennendem Fleisch in die vorrückende Insektenarmee, und nur einen Sekundenbruchteil später eröffneten auch Jenkins Seals das Feuer.

O'Neill riß ebenfalls den Abzug seiner Waffe durch. Er konnte nicht einmal sehen, ob er etwas traf, geschweige denn, worauf er schoß. Der Ausgang verschwand binnen einer einzigen Sekunde hinter einem Vorhang aus Rauch, wirbelnden Chitin- und Fleischfetzen und explodierenden Funken, in dem in fast regelmäßigen Abständen Energieentladungen von Teal'cs Strahlenlanze aufblitzten. Etwas prallte gegen O'Neills Bein. Er schleuderte es davon, sprang einen halben Schritt zurück und feuerte weiter, bis das Magazin leer war. Blitzschnell wechselte er es aus, riß den Abzug abermals durch und lenkte einen Strom glühender Geschosse in die Tür, bis auch das zweite Magazin leer war und die Waffe in seinen Händen zu glühen schien.

Nach und nach stellten auch die anderen das Feuer ein. Es war vorbei. Schwarzer, öliger Qualm und züngelnde Flammen füllten den Durchgang aus. Hier und da lag ein zerschossener oder brennender Insektenkadaver, und der Boden war in weitem Umkreis mit zerbrochenem Chitin und brennendem Fleisch bedeckt, aber aus der Tür strömten keine weiteren Insekten mehr. „Harris! Petersen!" befahl Jenkins. Zwei der vermummten Gestalten setzten sich in Bewegung und verschwanden mit raschen Schritten hinter dem Vorhang aus Rauch. Eine Sekunde später hörten sie einen kurzen, abgehackten Feuerstoß.

„Alles in Ordnung, Sir“, sagte die Stimme eines Soldaten in Jacks Lautsprechern. „Falscher Alarm. Hier ist alles sauber.“ Erst jetzt wagte es Jack, vorsichtig aufzuatmen. Langsam richtete er sich auf, senkte die heiß geschossene Waffe und drehte sich herum.

Was er sah, erschreckte ihn zutiefst. Der Angriff der Killerinsekten war nicht überall so leicht abgeschlagen worden. Nur ein Stück links von ihm erstreckte sich eine breite Spur aus zerschossenen Insektenkadavern, die die Front der Soldaten fast erreicht hatte. Einer von Jenkins Männern lag auf der Seite und krümmte sich.

Jack war mit zwei schnellen Schritten bei ihm, aber seine Hilfe wurde nicht benötigt. Zwei von Jenkins Männern kümmerten sich bereits um ihren verwundeten Kameraden; vielleicht nicht besonders zart, aber mit großem Geschick. Der rechte Arm des Mannes war eine einzige, blutende Wunde. Die Mandibeln des Killerinsekts hatten das zähe Metallgewebe seines Kampfanzuges mit der gleichen Leichtigkeit zerfetzt wie das Fleisch und die Knochen darunter.

„Der Mann muß auf die Krankenstation“, sagte Carter. „Schnell.“

„Wir wissen schon, was wir tun müssen, Captain“, sagte Jenkins. „Kaine! Kümmern Sie sich um Vossen!“

„Sind Sie verrückt?“ keuchte Samantha. „Der Mann verblutet! Er muß zurück auf die Erde!“

„Das reicht, Captain!“ schnaubte Jenkins. „Vossen ist *gebissen* worden! Ich werde ihn ganz bestimmt nicht auf die Erde schicken, bevor ich nicht hundertprozentig sicher bin, daß er sich nicht irgendeine Krankheit eingehandelt hat. Kaine kennt sich mit Verletzungen aus.“ Er hob den linken Arm und sah ungeduldig auf das Instrument an seinem Handgelenk. „Die Luft scheint in Ordnung zu sein. Wir können die Helme absetzen.“

Er war der erste, der seinem eigenen Vorschlag folgte. Nachdem er den Helm in den Nacken geklappt hatte, nahm er einen tiefen, prüfenden Atemzug und wandte sich dann zu Daniel um. „Nun, Doktor, ich hoffe, Sie verstehen jetzt, warum ich nicht möchte, daß Sie nach Herzenslust auf irgendwelche Knöpfe drücken."

Daniel sagte nichts. Er war leichenblaß. Jack warf ihm einen warnenden Blick zu, dann klinkte er ein neues Magazin in seine Waffe, hängte sich das Gewehr über die Schulter und wandte sich wieder der Tür zu.

Das Feuer war fast erloschen. Teal'c war Jenkins Männern unaufgefordert gefolgt und bis zum Ende des Ganges vorgedrungen. Er war vielleicht zwanzig Meter lang, von sechseckigem Querschnitt und vollkommen leer, so weit Jack erkennen konnte. Die Attok´k schienen keine Fans außergewöhnlicher Innenarchitektur gewesen zu sein.

„Hier ist eine weitere Tür, Sir", meldete einer der Soldaten.

„Und weitere Knöpfe, nehme ich an", murmelte Jenkins. „Haben Sie Lust, noch ein paar zu drücken, Doktor?"

„Jenkins", seufzte Jack. „Das ist nicht besonders produktiv."

Jenkins verdrehte zwar die Augen, zuckte dann aber die Schultern und sah Jack fast entschuldigend an. „Sie haben recht. Verzeihen Sie, Doktor Jackson. Wir sind alle ein bißchen nervös." Damit drehte er sich herum und verschwand hinter seinen beiden Männern im Gang.

Jack gab Daniel und Sam einen Wink, ihm zu folgen. Sie gingen zum SternenTor zurück, wo sie auf das halbe Dutzend Zivilisten trafen, das sich auf Jenkins Befehl bereits vorhin dorthin zurückgezogen hatte. Mit Ausnahme der beiden, die sie schon vorhin an der Tür kennengelernt hatten, bestand das Forschungsteam allesamt aus Männern unterschiedlichen Alters. Sie alle sahen sehr erschrocken aus. Und Jack mußte nur einen einzigen Blick in ihre Gesichter werfen, um eines sofort zu wissen: Sie würden unter Druck ziemlich schnell zusammenbrechen.

3

Jack ließ sich nichts von seinen Gefühlen anmerken, sondern stellte Samantha, Daniel und sich selber vor und wurde mit sechs Namen belohnt, die er sich in diesem Moment weder merken konnte noch wollte. Es waren eine Menge Doktortitel dabei, das zumindest bekam er mit.

„Was ist mit dem armen Mann?“ fragte die blonde Frau – Doktor Swanson, wenn sich Jack richtig erinnerte – die er schon vorher getroffen hatte. „Wieso bringt ihn niemand auf die Notstation?“ Sie deutete auf den verletzten Soldaten. Mittlerweile kümmerten sich drei seiner Kameraden um ihn, und er hatte wenigstens aufgehört, zu schreien und um sich zu schlagen. Vermutlich hatte er ein starkes Beruhigungsmittel bekommen. Wenigstens hoffte Jack, daß das der Grund war. Sicher war er nicht. Er hatte keineswegs vergessen, wie schrecklich seine Verletzung war.

„Weil die Notstation ziemlich weit entfernt ist“, antwortete Sam.

„Ziemlich weit? Was soll das heißen?“

Sam blickte ein wenig verwirrt, aber Daniel sagte nach ungefähr einer Sekunde: „Etwa 5,7 Trillionen Kilometer. Grob geschätzt.“

Swanson starrte zuerst ihn, dann die flimmernde Silberscheibe hinter sich mit offenem Mund an, und Jack konnte regelrecht sehen, wie es hinter ihrer Stirn zu arbeiten begann. Er versuchte gar nicht erst herauszufinden, ob Daniel geblufft hatte oder die Entfernung tatsächlich stimmte, aber Swanson und die anderen schienen zumindest zu begreifen, was er damit sagen wollte. Er begann sich zu fragen, wieviel Jenkins seinen angeblich so vertrauenswürdigen Spezialisten wirklich erzählt hatte. Er warf Daniel einen mahnenden Blick zu und erklärte: „Das Problem ist eher die Ansteckungsgefahr. Diese Spezies ist... es ist nicht viel über sie bekannt. Captain Jenkins hat wohl Angst, daß der Mann sich mit irgendeinem unbekannten Krankheitserreger infiziert haben könnte."

„Unbekannte Krankheitserreger?" Clanton, der direkt neben Swanson auf dem Boden hockte und sich alle Mühe gab, die Farbe seines Gesichts dem matten Grau des SternenTors anzupassen, lachte schrill. „Sie meinen wohl eine unbekannte Spezies! Verdammt, haben Sie die Biester eigentlich *gesehen?* So etwas... *gibt es nicht.* Nicht auf unserer Welt!"

„Sie haben es Ihnen nicht gesagt", vermutete Daniel. Jack warf ihm einen zornigen Blick zu, aber es war zu spät. Und im Grunde war er Daniel fast dankbar. Wenigstens hatte er ihm die Entscheidung abgenommen.

„*Was* nicht gesagt?" fragte Swanson. Ihre Stimme wurde schriller, und Jack begriff, daß sie nahe daran war, endgültig die Fassung zu verlieren. Verdammt, was bildete sich Jenkins eigentlich ein? Geheimhaltung hin oder her, sie konnten auf einer Mission wie dieser einfach niemanden gebrauchen, der sich nicht einmal darüber im Klaren war, wo sie sich befanden!

Er machte eine beruhigende Geste in Daniels Richtung und fragte: „Was hat man Ihnen erzählt? Was glauben Sie, wo wir sind?"

„In... einem Raumschiff", antwortete Swanson stockend. Wieder irrte ihr Blick in den tanzenden Quecksilberspiegel im Inneren des SternenTors. „Einem... außerirdischen Raumschiff."

„Das stimmt", sagte Jack. „Aber sie haben Ihnen nicht gesagt, *wo* dieses Raumschiff ist, habe ich recht?"

Für einen Moment wurde es sehr still, dann sagte Leyman: „Wir sind nicht mehr auf der Erde."

„Nicht einmal mehr in unserem Sonnensystem", sagte Daniel. „Ich glaube, nicht einmal mehr..."

„*Ich* glaube, Sie halten jetzt besser den Mund, Doktor Jackson", sagte Jenkins schneidend. „Und zwar auf der Stelle!"

O'Neill fuhr herum. Er hatte nicht einmal gemerkt, daß Jenkins zurückgekommen war und einen Teil ihrer Unterhaltung verfolgt hatte. Er kam jedoch so wenig dazu, etwas zu sagen, wie Jenkins seinerseits, fortzufahren, denn Swanson sprang wie eine Furie auf und trat mit blitzen den Augen auf Jenkins zu.

„Wieso?" schnappte sie. „Haben Sie Angst, daß wir die Wahrheit erfahren könnten? Wohin zum Teufel haben Sie uns gebracht?" Sie gestikulierte wütend auf das SternenTor und schrie fast: „*Was ist das für ein Ding?!*"

„Ich habe Ihnen alles gesagt, was Sie wissen müssen, Doktor", sagte Jenkins kühl. „Sie befinden sich an Bord eines außerirdischen Raumschiffes. Und ich kann Ihnen versichern, daß wir nur einen Schritt von der Erde entfernt sind." Er wandte sich an Daniel. „Doktor Jackson, wir brauchen Ihre Hilfe. Es gibt eine weitere Tür am Ende dieses Ganges. Der Öffnungsmechanismus sieht aus wie der auf dieser Seite, aber wir brauchen eine Möglichkeit, ihn aus der Entfernung zu bedienen. Ich habe keine Lust, noch einen Mann zu verlieren."

„Sagen Sie mir nicht, Sie werden langsam vernünftig", sagte Daniel böse.

Jenkins Gesicht verdüsterte sich noch weiter. „Sie", begann er gepreßt, kam aber auch diesmal nicht weiter, denn jetzt war es O'Neill, der ihn unterbrach.

„Captain. Wenn ich Sie einen Moment sprechen dürfte.“ Jenkins starrte ihn eine Sekunde lang an, dann schürzte er trotzig die Lippen, fuhr mit einem Ruck herum und blieb nach fünf Schritten wieder stehen; mit leicht gespreizten Beinen und hinter dem Rücken verschränkten Händen. „Colonel.“

„Hören Sie mir zu, Jenkins“, sagte Jack. „Ich werde das nur ein einziges Mal sagen. Wenn Sie ein Problem mit einem meiner Männer haben, dann klären Sie das mit mir, unter vier Augen und meinetwegen auch mit vier Fäusten. Aber hören Sie auf, den Pitbull zu spielen. Das beeindruckt niemanden, und mich am allerwenigsten. Habe ich mich deutlich genug ausgedrückt?“

„Unmißverständlich“, antwortete Jenkins. „War das alles?“

„Im Moment ja.“

„Gut“, sagte Jenkins. „Dann befehle ich Ihnen und Ihren Männern hiermit, dieses Schiff zu verlassen.“

„Wie bitte?“ fragte Jack.

„Sie haben mich sehr wohl verstanden“, sagte Jenkins. „Hammonds Befehle sind in dieser Hinsicht eindeutig. Meine Männer und ich sind für die Sicherheit dieser Mission verantwortlich. Das Benehmen Ihrer Leute gefährdet die Sicherheit. Sie werden dieses Schiff deshalb verlassen. Sofort.“

„Und wenn nicht?“ fragte Jack.

„Dann *lasse* ich Sie auf die Erde zurückbringen“, antwortete Jenkins.

Er meinte das ernst. Mehr noch: Jack spürte ganz deutlich, daß Jenkins sich regelrecht *wünschte*, daß er seinen Befehl mißachtete und ihm so einen Vorwand lieferte, ihn und die anderen in Handschellen auf die Erde zurückbringen zu können.

Aber diese Genugtuung gönnte er ihm nicht.

DIE KRIEGER DES HORUS

1

General Hammond legte den Telefonhörer auf die Gabel, und er hätte im Grunde nicht einmal etwas sagen müssen. Schon die Art, auf die er einhängte, sagte O'Neill alles, was er wissen mußte.

Was möglicherweise mehr war, als er wissen *wollte.*

„Ich habe es versucht", sagte Hammond.

„Aber das kann doch nicht wahr sein!" fuhr Daniel auf. „Sir! Dieser Mann ist vollkommen verrückt! Er spielt nicht mit dem Feuer – er... er sitzt auf einer scharfen Atombombe und trampelt auf dem Zünder herum!"

Hammond lächelte zwar flüchtig über diesen Vergleich, wurde aber sofort wieder ernst und machte eine Kopfbewegung auf das signalrote Telefon, das auf der ansonsten vollkommen leeren Schreibtischplatte vor ihm stand. „Ich habe es versucht, Doktor. Sie haben es schließlich selbst gehört. Und es steht mir nicht zu, die Entscheidung des Präsidenten in Frage zu stellen." *So wenig wie Ihnen,* fügte sein Blick hinzu. „Captain Jenkins hat den Befehl über die Operation Hope. Ich kann da gar nichts machen. So, wie es aussieht, kann ich anscheinend froh sein, daß ich noch das Kommando über die Basis habe."

Daniel wollte erneut auffahren, aber diesmal brachte ihn Jack mit einer entsprechenden Geste zum Schweigen. „Laß gut sein, Daniel", sagte er. „Der General hat es versucht. Manchmal muß man auch verlieren können." Er stand auf und nickte knapp in Hammonds Richtung. „General."

Diesmal hielt Hammond ihn nicht mehr zurück; aber Jack war ja im Grunde schon fast erstaunt gewesen, daß er ihn überhaupt *herein*gelassen hatte. Hammond gehörte nicht zu den Vorgesetzten, an die man sich wandte, wenn einem irgendein Befehl nicht paßte. Er war Soldat mit Leib und Seele, und er war fest davon überzeugt, daß eine funktionierende Befehlsstruktur das Rückgrat einer Armee war. Man stellte Befehle nicht in Frage.

Trotzdem hatte er sich Jacks Beschwerde geduldig angehört, und er hatte sogar noch ein Übriges getan: Der Mann, mit dem er gerade gesprochen hatte, war der Präsident der Vereinigten Staaten. Leider blieb sein Einsatz ohne Erfolg: Jenkins behielt das alleinige Kommando über die Operation Hoffnung.

Daniel und Teal'c waren bereits zehn Schritte entfernt, als O'Neill aus Hammonds Büro kam. Jack setzte dazu an, Daniel zurückzurufen, überlegte es sich aber dann anders. Seit Jenkins sie praktisch rausgeworfen hatte, waren gute sechsunddreißig Stunden vergangen. Daniel hatte in dieser Zeit keine zehn Sätze mit ihm gesprochen. Er bockte wie ein kleines Kind. Vermutlich nahm er es Jack übel, daß er ihn nicht nachdrücklicher gegen Jenkins in Schutz genommen hatte, und fühlte sich von ihm im Stich gelassen. Was natürlich nicht stimmte. Aber Jack hatte keine Lust, sich jetzt auch noch mit ihm zu streiten. Die Stimmung in der Basis war schlecht genug.

„Nimm es ihm nicht übel", sagte Sam neben ihm. „Tief in sich ist er nun einmal kein Soldat. Er hat große Angst."

Als ob sie die nicht hätten! Jack sparte es sich, darauf hinzuweisen, daß er Daniel nicht etwa nur verstehen konnte, sondern voll und ganz auf seiner Seite stand. Die körperlose Furcht, mit der ihn das Attok´k-Schiff erfüllte, war auch bei seinem zweiten Besuch kein bißchen schwächer geworden. Die dramatischen Ereignisse hatten sie sie verdrängen lassen, aber das bedeutete nicht, daß es sie nicht mehr gegeben hätte. Er wäre nicht so weit gegangen wie Daniel oder gar Teal'c, den Teufel selbst ins Feld zu führen, aber irgend etwas stimmte mit diesem Schiff einfach nicht.

„Ich nehme es ihm nicht übel“, sagte er, mit einiger Verspätung und ohne besondere Überzeugungskraft in der Stimme. „Allenfalls, daß er versucht, mit dem Kopf durch die Wand zu kommen. Das hat bei Hammond noch niemand geschafft.“ Er zwang ein Lächeln auf sein Gesicht. „Gehen wir einen Kaffee trinken?“

„Warum nicht?“ erwiderte Samantha. „Ich habe nichts Besseres vor.“

Das hatte keiner von ihnen. Das SternenTor war seit sechsunddreißig Stunden ununterbrochen in Betrieb, aber die StarGate-Teams waren praktisch arbeitslos und faktisch entmachtet. Jenkins und seine Männer beanspruchten die gesamte Kapazität der Anlage für sich und hatten jeden weiteren Transport untersagt. Hammond hatte sich zähneknirschend gefügt, aber dieser Befehl trug auch nicht unbedingt zur Hebung der Stimmung bei.

Sie gingen zum Aufzug, fuhren die vier Etagen nach oben und betraten die Kantine. Der Raum hätte um diese Tageszeit so gut wie leer sein müssen, aber zu Jacks Überraschung war fast die Hälfte der Tische besetzt. Sam und er schienen nicht die einzigen zu sein, die im Moment nichts Besseres zu tun hatten. Im Gegensatz zu Jenkins Seals, von denen sich kein einziger hier blicken ließ.

Samantha deutete auf einen freien Tisch in der Nähe des Ausgangs, und Jack wandte sich in die entgegengesetzte Richtung, um den versprochenen Kaffee zu holen. Als er zurückkam, zwei Kunststoffbecher mit kochend heißem Kaffee in spitzen Fingern haltend, war Sam nicht mehr allein. Fraiser saß mit ihr am Tisch und winkte ihm fröhlich entgegen.

„Colonel O’Neill. Ich wußte, daß Sie ein Ehrenmann sind, der seine Schulden zahlt.“

Jack verstand nicht einmal, was sie meinte. Aber nachdem er sich gesetzt und seine Last vor sich abgeladen hatte, beugte sich Fraiser vor, angelte einen der Kaffeebecher vom Tisch und fügte mit einem schelmischen Lächeln hinzu: „Wenn auch manchmal etwas spät."

„Sie vergessen wirklich nie etwas, wie?" O'Neill sah seinem entschwindenden Nachmittagskaffee sehnsuchtsvoll nach, dann drehte er sich in seinem Stuhl herum und blickte zum Kaffeeautomaten. Vor der mannsgroßen verchromten Maschine hatte sich mittlerweile eine schon ansehnliche Schlange gebildet.

Fraiser trank mit sichtlichem Genuß einen Schluck Kaffee und hielt den Becher anschließend so seelenruhig in der Hand, als wäre er nicht glühend heiß. Jack fiel erst jetzt auf, daß sie nicht ihren gewohnten weißen Kittel trug, sondern den schlichten olivgrünen Anzug des StarGate-Teams. Er sagte nichts, blickte aber so fragend, daß sie von sich aus antwortete.

„Ich bin unterwegs zur Hope", sagte sie.

„Hope? Und was sagt Captain Jenkins dazu?"

„Auch wenn Sie es nicht glauben, Colonel O'Neill", antwortete Fraiser, „aber General Hammond persönlich hat mich gebeten, Jenkins Team zu unterstützen." Sie setzte den Kaffeebecher an und leerte ihn mit einem einzigen Schluck fast bis zur Hälfte. „Jenkins hat mich angefordert."

„Wieso?"

Fraiser hob die Schultern. „Ich weiß so wenig wie Sie, Colonel. Jenkins Spezialistenteam schottet sich vollkommen ab. Sie müssen schon Daten in Terabyte-Größe gesammelt haben, aber glauben Sie etwa, sie haben bisher auch nur einen Mucks von sich gegeben?" Sie schüttelte heftig den Kopf. „Ich verstehe das nicht. Wissenschaftler sind im Grunde ein schwatzhaftes Volk, wissen Sie? Sie lieben es, sich mit ihren Erfolgen und Entdeckungen zu brüsten. Sehen Sie mich an.“ Sie grinste, wurde aber sofort wieder ernst. „Jenkins Team hält hundertprozentig dicht. Ich habe keine Ahnung, wie er es geschafft hat, sie zum Schweigen zu bringen, aber er hat es geschafft.“

„Und trotzdem hat er Sie angefordert“, sagte Sam.

„Jenkins hat an Bord dieses Attok´k-Schiffes ein halbes Dutzend der brillantesten Köpfe dieses Planeten versammelt“, sagte Fraiser. „Jeder von ihnen ist ein As auf seinem Gebiet, glauben Sie mir. Aber das ändert nichts daran, daß sie alle zusammen nicht einmal halb so viel von außerirdischer Technologie verstehen wie ich. Das können sie gar nicht.“

„Oder Daniel“, fügte Samantha hinzu.

„Jenkins hat ihn ebenfalls angefordert“, sagte Fraiser. „Aber er hat abgelehnt.“ Sie trank ihren Kaffee aus, stellte den leeren Becher zielsicher auf den nassen Ring vor Jack und stand auf. „Es wird Zeit. Ihr Freund Jenkins wartet auf mich. Keine Sorge – ich verspreche Ihnen, Sie auf dem Laufenden zu halten. Ganz egal, womit Jenkins mich zu erpressen versucht.“

Samantha sah ihr kopfschüttelnd nach. „Daniel hat *abgelehnt?* Dann muß er einen wirklich mächtigen Groll auf Jenkins haben.“

„Oder gewaltige Angst vor irgend etwas“, sagte Jack. Er erhob sich ebenfalls. „Ich werde mit ihm reden. Am besten jetzt gleich.“

„Und wie kommst du auf die Idee, daß er dir antworten würde?“ fragte Sam. „Immerhin hat er es jetzt seit drei Tagen nicht getan.“

„Vielleicht hat er es doch, und ich habe nur nicht zugehört“, sagte Jack. „Aber das werde ich jetzt tun.“

Samantha wollte noch etwas sagen, aber Jack hatte sich bereits herumgedreht und verließ die Kantine. Sie stand zwar ebenfalls auf und folgte ihm, sprach ihn aber unterwegs nicht noch einmal an. Jack ging schnurstracks zu Daniels Labor, fand es aber ebenso verlassen vor wie sein Quartier und das Teal'cs. Schließlich sagte ihm jemand, daß er Daniel und den Jaffa auf dem Weg zur Transportkammer gesehen hätte. Jack seufzte innerlich. Wahrscheinlich war Daniel auf dem Weg zu Hammond, um ihm noch einmal zuzureden. Er machte sich innerlich auf einen neuen, sinnlosen Streit gefaßt.

Er wurde nicht enttäuscht, allerdings in anderer Hinsicht, als er erwartet hatte. Daniel und der Jaffa befanden sich tatsächlich zusammen mit Hammond im Kommandoraum, und fast zu seinem Entsetzen gewahrte er auch Jenkins untersetzte Gestalt bei ihnen. Zur Abwechslung stritt er sich jedoch nicht mit Daniel, sondern mit Hammond und einem seiner Techniker.

„Kommt überhaupt nicht in Frage“, sagte Jenkins gerade, als sie in Hörweite kamen. „Meine Männer sind über das ganze Schiff verteilt. Wissen Sie, wie lange ich brauche, um sie zusammenzurufen? Von der Ausrüstung ganz zu schweigen?“

„Ich fürchte, es muß trotzdem sein“, sagte Hammond. Es fiel ihm schwer, sich seine Schadenfreude nicht deutlich anmerken zu lassen. „Diese Anzeigen hier sind nicht in Ordnung. Wir müssen das SternenTor für eine Weile abschalten. Ihre Männer müssen zurück.“

„Wieso?“ Jenkins deutete ärgerlich auf Daniel und Teal'c. „Sie bleiben doch auch auf der anderen Seite, wenn das Tor abgeschaltet wird.“

„Normalerweise“, sagte Hammond. „Das SternenTor zur Hope ist aber nicht normal. Es gibt dort drüben keine Kontrollstation. Wenn auf dieser Seite irgend etwas schief geht, kommen Ihre Leute nie wieder zurück.“

„Die Verantwortung übernehme ich“, sagte Jenkins, erntete aber nur ein Kopfschütteln.

„Das muß ich ablehnen", antwortete Hammond. „Sie haben vielleicht dort drüben das Sagen, aber das SternenTor unterliegt meiner Verantwortung. Ich kann nicht erlauben, daß Ihre Männer dort drüben zurückbleiben. Und die Zivilisten in ihrer Begleitung schon gar nicht."

„Und was wollen Sie tun, wenn ich mich weigere?" fragte Jenkins herausfordernd. „Meine Leute vielleicht mit Waffengewalt zurückholen?"

Die falsche Taktik. Hätte Jenkins Hammond auch nur ein bißchen besser gekannt, hätte er gewußt, daß jeder Versuch, den General unter Druck zu setzen, nur in einer Katastrophe enden konnte. Zu seinem Pech kannte er ihn nicht gut genug.

Hammond schwieg zwei oder drei Sekunden. Als er dann sprach, war seine Stimme sehr viel leiser geworden, aber es war etwas darin, was selbst Jenkins zu beeindrucken schien. „Ich werde darüber nicht diskutieren, Captain", sagte er.

„Aber Sie können sicher sein, daß ich sowohl in der Lage als auch Willens bin, die geeigneten Maßnahmen zu ergreifen. Und ich wünsche mir fast, daß Sie mich dazu zwingen. Vielleicht verschaffen Sie mir auf diese Weise endlich einen Vorwand, Sie mir vom Halse zu schaffen."

„Was ist überhaupt los?" Hammond und Jenkins stritten sich noch weiter, aber Jack wandte sich halblaut an Daniel.

„Irgend etwas stimmt mit dem SternenTor nicht." Daniel deutete auf die Monitore. Er gab sich keine Mühe, seine Schadenfreude angesichts der Niederlage zu verhehlen, die sich für Jenkins abzeichnete. Trotzdem wirkte er besorgt.

„Was ist los?" Diesmal wandte sich Jack direkt an die Techniker, die hektisch auf die Computertastaturen einhämmerten.

„Wir wissen es nicht, Sir." Der Mann zuckte hilflos mit den Schultern. „Es ist fast wie eine Art... Störsignal. Es ist schwer zu beschreiben. Ich habe so etwas noch nie erlebt."

2

Jacks Blick irrte ein wenig hilflos über die Monitore. Einige zeigten das gewohnte Bild der Transportkammer, aber auf den meisten waren nur Buchstaben- und Ziffernkolonnen und verwirrende Tabellen zu erkennen.

„Vielleicht hat es auch nichts zu bedeuten", sagte der Techniker. „Wir haben das SternenTor noch niemals so lange ununterbrochen eingeschaltet gelassen."

„Und genau deshalb werden wir es jetzt abschalten und herausfinden, was hier nicht stimmt", mischte sich Hammond ein. Er sprach zwar zu O'Neill, aber es gab nicht den geringsten Zweifel daran, daß die Worte eigentlich Jenkins galten. „Wir werden nicht das Risiko eingehen, zwei Dutzend Menschen zu verlieren. Sie rufen Ihre Leute zurück, Jenkins. Sobald mir meine Techniker versichern, daß kein Risiko mehr besteht, schalten wir das SternenTor wieder ein. Wir werden..."

„Sir. Irgend etwas stimmt nicht."

Hammond fuhr auf dem Absatz herum. „Was?"

Der Mann starrte konzentriert auf seinen Monitor. Die Tabellen darauf waren in Bewegung gekommen. Seine Hände flogen über die Tastatur, und ein Netz feiner Schweißperlen war auf seiner Stirn erschienen. „Es sieht fast aus, als... als käme etwas durch."

„Einer von uns?"

Der Mann schüttelte stumm den Kopf. Aber das war unmöglich, dachte Jack. Jeder, der das SternenTor ohne den richtigen Code betrat, hätte unweigerlich Alarm ausgelöst...

Jack fuhr herum und stürmte aus dem Raum. Teal'c, Daniel und Samantha folgten ihm, und nach kurzem Zögern stieß auch Jenkins zu ihnen. Hintereinander stürmten sie in die Transportkammer.

Gerade im richtigen Moment, um die beiden riesenhaften Gestalten zu erkennen, die nebeneinander aus dem SternenTor traten.

Auf dem ersten Blick glichen sie Menschen. Sie hatten zwei Beine, zwei Arme und scheinbar ganz normale Proportionen. Bekleidet waren sie mit etwas, was fast wie ein mittelalterliches Kettenhemd aussah.

Der zweite Blick machte sie zu Monstern, die direkt aus den tiefsten Abgründen der Mythologie emporgestiegen zu sein schienen. Ihre Köpfe waren nicht die von Menschen. Sie waren riesig, schon fast grotesk groß, schimmernd wie Stahl und endeten in schrecklichen, gebogenen Raubvogelschnäbeln. Es waren die Köpfe von Adlern oder Falken.

„Horus!" flüsterte Daniel entsetzt.

„Jaffa!" keuchte Teal'c.

Plötzlich reagierten alle gleichzeitig. Jenkins riß seine Waffe von der Schulter, und auch einige von Jenkins Seals brachten ihre Gewehre in Anschlag, und die beiden Falkenkrieger wichen blitzartig auseinander und schwenkten ihre Strahlenlanzen herum. Zwischen ihnen erschien eine dritte, falkenköpfige Gestalt.

Jack wirbelte herum und riß Daniel und Samantha mit weit ausgebreiteten Armen mit sich zu Boden, als die Schießerei begann. Er konnte nicht einmal sagen, wer zuerst schoß – Jenkins Navy-Seals, die Jaffa oder Teal'c. Die Transportkammer verwandelte sich von einem Sekundenbruchteil auf den nächsten in eine Hölle aus Lärm, Schreien und explodierenden Funken, aus Flammen und Rauch und brennenden Gestalten, die schreiend zusammenbrachen. Unmittelbar neben Jack stanzte ein Feuerstoß aus einer

Strahlenwaffe ein Stück aus dem Boden und ließ den Beton schmelzen. Die Hitzewelle strich wie eine glühende Hand über Jacks Rücken und versengte seine Jacke. Einer von Jenkins Männer brach mit brennender Uniform zusammen und krümmte sich, und im gleichen Moment wurde auch einer der Jaffa von einem Schuß aus Teal'cs Waffe getroffen und taumelte in das SternenTor zurück. Gleichzeitig konzentrierten die Seals ihr Feuer auf einen zweiten Falkenkrieger. Der Panzeranzug des Jaffa nahm den Geschossen die schlimmste Wirkung, aber allein die pure Wucht der MP-Salven ließ den riesenhaften Krieger zurücktaumeln. Funken stoben aus seinem Helm und seiner Rüstung, und schließlich drang eines der Geschosse durch. Der Jaffa ließ seine Waffe fallen und brach wie in Zeitlupe in die Knie.

Der dritte Jaffa feuerte unbeeindruckt weiter. Er blutete bereits aus zwei oder drei Wunden, und er befand sich kaum einen Schritt vom SternenTor entfernt. Er hätte sich ohne Mühe in Sicherheit bringen können, aber er gehörte zu einer Kriegerkaste, die nicht einmal wußte, was das Wort Rückzug bedeutete. Statt sein Leben zu retten, ließ er sich auf ein Knie herabsinken und feuerte erbarmungslos auf seine Gegner. Drei weitere Soldaten fielen seiner Strahlenwaffe zum Opfer, bis Teal'c ihn mit einem gezielten Schuß aus seiner eigenen Lanze niederstreckte.

Noch bevor sein lebloser Körper zu Boden stürzte, traten vier weitere Falkenkrieger aus dem SternenTor. Sie hatten ihre Waffen bereits eingeschaltet, und sie waren nicht annähernd so überrascht wie ihre Kameraden zuvor, denn sie eröffneten sofort das Feuer. Hinter ihnen begannen sich die Umrisse weiterer, falkenköpfiger Riesen zu materialisieren.

Jack sprang hastig auf die Füße, riß Daniel mit sich in die Höhe und versetzte ihm einen Stoß, der ihn haltlos auf die

Tür zustolpern ließ. Gleichzeitig brüllte er Carter an: *„Raus hier!“*

Weder er, noch Carter oder Daniel waren bewaffnet, sah man von der Pistole in seinem Gürtel ab – eine lächerliche Waffe, die die Schutzanzüge der Jaffa nicht einmal anzukratzen vermochte. Die Luft in der Transportkammer war mittlerweile von beißendem Qualm und wild um sich greifenden Feuer erfüllt. Die Schreie sterbender Männer bildeten einen fürchterlichen Kontrast zu den Kampfgeräuschen. Ohne Teal'cs Waffe auf ihrer Seite wäre der Kampf vermutlich längst entschieden gewesen.

Jack beförderte Daniel mit einem unsanften Stoß hinaus auf den Flur, zerrte Samantha ebenfalls nach draußen und fuhr noch einmal herum. Die Transportkammer hatte sich in ein Schlachtfeld verwandelt. Vier oder fünf tote Jaffa lagen auf der schrägen Rampe vor dem SternenTor, aber eine weitaus größere Anzahl der Falkenkrieger drang unaufhaltsam weiter in die Kammer vor. Die Hälfte von Jenkins Seals war bereits gefallen, und die Waffen der Überlebenden hatten einfach nicht genug Feuerkraft, um die Jaffa aufzuhalten. Teal'c hatte sich hinter einen Stapel metallener Transportcontainer geduckt und feuerte auf seine ehemaligen Kameraden, aber auch er allein konnte keine Wunder vollbringen. Seine improvisierte Deckung glühte bereits an mehreren Stellen.

„Colonel O'Neill – raus da!“ dröhnte Hammonds Stimme aus den Lautsprechern. „Teal'c! Jenkins! Bringen Sie Ihre Männer raus! Ich versiegele die Kammer!“

Jack sah hoch und entdeckte Hammond hinter der Panzerglasscheibe des Kommandoraumes, aber einer der Jaffa mußte ihn wohl ebenfalls entdeckt haben – ein orangefarbener Glutstrahl traf die Glasscheibe direkt neben ihm, durchschlug das handdicke Quarzglas wie Papier und verwandelte einen Teil der Wand auf der anderen Seite in brennende Glut. Hammond zog hastig den Kopf ein, und zwei von Jenkins Seals nahmen den Krieger, der auf ihn geschossen hatte, ins Kreuzfeuer. Der Jaffa taumelte zurück und fiel brennend gegen seine Kameraden, als Teal'c ebenfalls auf ihn schoß.

Endlich begann sich die Irisblende vor dem SternenTor zu schließen. Mindestens einer der Falkenkrieger begriff die Gefahr, denn er fuhr herum und gab einen Feuerstoß auf die Blende ab. Die spezielle Stahllegierung glühte dunkelrot auf, schloß sich aber unerbittlich weiter. Ein zweiter Jaffa riß seine Lanze herum und starb, bevor er sie abfeuern konnte. Der Rest schien begriffen zu haben, daß der Kampf vorüber war, aber er reagierte, wie die Kriegersklaven der Goa'uld in einer Situation wie dieser nun einmal reagierten: Sie kämpften bis zum bitteren Ende.

Und sie verkauften ihre Leben teuer. Der Kampf dauerte noch eine knappe Minute, bis auch der letzte Falkenkrieger unter einem Feuerstoß aus Teal'cs Waffe zu Boden ging, aber der Ausgang der kurzen Schlacht war denkbar knapp. Als Jack vorsichtig in den Raum zurücktrat, waren außer Teal'c und Jenkins selbst nur noch zwei Soldaten auf den Beinen.

3

Schaudernd und fast gelähmt vor Schrecken sah sich O'Neill um. Die Luft war voller Rauch und roch nach Schießpulver, brennendem Fleisch und Qualm. An zahlreichen Stellen brannte es, und hier und da glühte der Boden, wo er von den Energieentladungen der Waffen getroffen worden war.

Jack ging langsam zu Teal'c hinüber und wartete, bis der Jaffa hinter seiner Deckung hervorkam. Erleichtert stellte er fest, daß Teal'c offensichtlich nicht verletzt war.

„Seien Sie vorsichtig, O'Neill", warnte Jenkins. „Sie könnten noch am Leben sein." Jack schenkte ihm nur einen flüchtigen Blick. Jenkins näherte sich den gefallenen Falkenkriegern mit angeschlagenem Gewehr, offensichtlich um sich zu vergewissern, daß von den Jaffa auch wirklich keine Gefahr mehr ausging. Hinter ihnen drängten weitere Soldaten in die Kammer, und endlich auch die ersten Sanitäter. Jack winkte Sam und Daniel zu sich, dann ging er vorsichtig zu einem der toten Jaffa hinüber. Der Krieger war von einem Schuß aus Teal'cs Waffe getroffen worden und lag auf dem Rücken. Trotzdem blieb O'Neill vorsichtig. Jaffa waren nicht mit menschlichen Soldaten zu vergleichen. Selbst tödlich verwundet waren sie immer noch gefährlich.

Jack betrachtete die Raubvogelmaske des Falkenkriegers mit einer Mischung aus Furcht und Interesse. Sie war beeindruckend, von brutaler Eleganz, und zusätzlich ein technisches Wunderwerk, das sie weder richtig verstanden noch hätten nachbauen können. Auch die vermeintlichen Kettenhemden, die die Körper der Jaffa vollkommen einhüllten, sah auf den ersten Blick archaisch aus, waren aber in Wirklichkeit das Goa'uld-Gegenstück zu ihren eigenen klobigen Raumanzügen. Die Jaffa konnten sich in diesen Anzügen selbst unter extremsten Umweltbedingungen bewegen; vermutlich sogar im freien Weltraum.

Jenkins trat zu ihnen und ließ sich neben dem toten Jaffa in die Hocke sinken. Sein Blick irrte unstet über den riesigen Helm, bevor er sich an Daniel wandte. „Sagen Sie, Doktor – wie haben Sie diese Jaffa vorhin genannt? Horus?" Daniel nickte. „Dann kennen Sie sie?" Jenkins legte die Stirn in Falten. „Ist das nicht der Name eines Gottes?" „Des wichtigsten ägyptischen Gottes, Gebieter über Tod und Leben", seufzte Daniel. „Jeder Pharao verstand sich als direkte Inkorporation des Horus."

„Und Horus ist vermutlich der Name des Goa'uld, in dessen Dienste diese Krieger stehen", fügte Jack hinzu.

Jenkins sah ihn zweifelnd an.

„Sie meinen, diese Aliens haben sich nach den alten ägyptischen Göttern genannt?"

Daniel verdrehte die Augen, und Jack warf ihm einen raschen beruhigenden Blick zu. Jenkins mochte ein guter Soldat sein, aber man hatte auch ihm offensichtlich nur das gesagt, was er wissen mußte.

„Es ist genau umgekehrt, Captain", sagte er. „Die Goa'uld waren die alten ägyptischen Götter. Die Menschen vor fünftausend Jahren verstanden noch nicht viel von Raumanzügen und Strahlenwaffen." Er deutete auf die reglose Gestalt vor sich. „Das hier ist ein leibhaftiger Gott, sozusagen. Oder sagen wir..."

„Doktor Jacksons Teufel?" schlug Jenkins vor.

Statt zu antworten, streckte Jack die Hand aus und tastete nach dem Öffnungsmechanismus des Falkenhelms. Er fand ihn fast auf Anhieb. Der Helm unterschied sich nur im Aussehen von den Hunde-, und Schlangenhelmen, die sie bisher zu Gesicht bekommen hatten, nicht in der Technik. Nach einem Moment erscholl ein leises Klicken, und der Helm faltete sich auf die Jack schon bekannte, fast unheimliche Weise zusammen.

Darunter kam ein ebenholzschwarzes, kräftiges Gesicht zum Vorschein. Die goldene Tätowierung auf seiner Stirn schien die ebenmäßigen, fast edlen Züge noch zu unterstreichen und verlieh dem Antlitz des Toten etwas Geheimnisvolles, das schwer in Worte zu fassen war.

„Es... sieht aus wie ein Mensch!" sagte Jenkins überrascht.

„Es *ist* ein Mensch", sagte Samantha scharf.

Jenkins sah auf und blickte einen Moment lang fast verlegen in Teal'cs Gesicht. „Natürlich", sagte er dann hastig. „Ich meinte auch nur... wie ein Mensch von der Erde. Ich habe das Gefühl, ich kenne ihn."

„Seine Vorfahren kamen vermutlich aus Nubien", sagte Daniel. „Die Nubier waren gefürchtete Krieger aus der Zeit der Pharaonen. Deshalb haben die Goa'uld sie wohl auch als Krieger rekrutiert."

„Kennen Sie ihn?"

Teal'c schüttelte nur den Kopf, und Daniel lachte leise.

„Ich dachte ja nur, weil..."

„Weil er auch ein Jaffa ist?" Daniel lachte erneut. „Sie haben immer noch nicht begriffen, womit wir es zu tun haben, wie?" Er deutete erregt auf den toten Jaffa. „Es gibt *Millionen* von ihnen, Captain."

„Millionen?"

„Vielleicht Milliarden", antwortete Daniel. „Die Goa'uld haben einen ganzen Planeten zu einem einzigen großen Trainingslager gemacht, auf dem nur Jaffa. Und jeder einzelne von ihnen ist zehnmal gefährlicher, als sie es sich auch nur vorstellen können."

„Lassen Sie sich nicht von dem täuschen, was hier passiert ist", stimmte Jack ihm zu. „Die Jaffa waren vollkommen überrascht. Sie haben ganz offensichtlich nicht damit gerechnet, uns hier zu treffen." Er deutete auf Teal'c. „Und Teal'c und seine Strahlenlanze schon gar nicht. Sonst wäre dieser Kampf anders ausgegangen." Er stand auf, atmete tief ein und deutete dann zur Tür. „Und jetzt entschuldigen Sie mich, Captain. Wir müssen versuchen, das SternenTor wieder einzuschalten."

4

Zu Jacks großer Erleichterung hatte Doktor Fraiser den großen Sprung durch das SternenTor noch nicht hinter sich gebracht, als die Goa'uld angriffen. Er fand sie zusammen mit Hammond in dem, was von der Steuerzentrale übrig geblieben war, und wie nicht anders zu erwarten, steckte sie schon wieder bis über beide Ellbogen in der Arbeit – und zwar im wortwörtlichen Sinne. Trotz ihrer zahlreichen Doktortitel hatte Fraiser kein Problem damit, einen Lötkolben in die Hand zu nehmen oder im Zweifelsfall auch Hammer und Meißel.

„Das sieht schlimm aus“, drang ihre Stimme aus der Tiefe einer aufgeklappten Gerätekonsole. „Diese neuen Computer sind aber auch wirklich überempfindlich! Sie mögen es einfach nicht, wenn jemand mit Strahlenkanonen auf sie schießt. Ich fürchte, hier ist nichts mehr zu machen. Das Zeug ist nur noch Schrott.“

„Was genau heißt das?“ Hammond stellte diese Frage erst, nachdem er einen nervösen Blick auf das fast faustgroße Loch in der Panzerglasscheibe geworfen hatte. In seiner präzisen Verlängerung befand sich ein metergroßes Loch mit geschwärzten Rändern in der mit Computern und Monitoren vollgepackten Wand dahinter. Der Energiestrahl hatte auch sie durchschlagen und seine zerstörerische Kraft erst tief in dem Boden dahinter verloren. Geschmolzenes Metall und glutflüssiger Stein waren an der Wand herabgelaufen und hatten alles zerstört, was ihnen in den Weg geraten war. Was die Hochenergie-Entladungen in den empfindlichen Schaltkreisen und Chipsätzen des Computers selbst angerichtet hatten, wagte sich O'Neill nicht einmal vorzustellen.

„Schrott“, antwortete Fraiser. Sie tauchte aus der Computerkonsole auf, drehte sich herum und wischte sich eine Haarsträhne aus der Stirn, wobei sie eine breit verschmierte Rußspur in ihrem Gesicht hinterließ. „Das ganze Zeug hier ist nur noch Sondermüll.“

„Und was heißt das?“ Jenkins war ihnen gefolgt und stürmte mit gesenktem Kopf und leicht vorgestellten

Schultern auf Fraiser zu. Jack bemerkte erst jetzt, daß er sich eine üble Verbrennung am Hals zugezogen hatte. Jenkins selbst schien es bisher noch nicht einmal aufgefallen zu sein. „Bitte reden Sie so, daß auch ein dummer kleiner Soldat wie ich Sie versteht, Doktor! Wie lange brauchen Sie, um das SternenTor wieder einzuschalten?"

Fraiser legte den Kopf schräg und tat so, als müsse sie einige Augenblicke lang angestrengt nachdenken. Dann hob sie die Schultern. „Keine Ahnung. Zwei, vielleicht drei... Minuten."

Jenkins blinzelte. „Wie?"

„Wir haben hier alle Systeme vierfach, Captain", belehrte ihn Hammond. „Sie arbeiten unabhängig voneinander. Das SternenTor ist absolut einsatzbereit."

„Dann schalten Sie es ein!" verlangte Jenkins. „Sofort!"

„Das werde ich bestimmt nicht tun", antwortete Hammond. „Nicht, bevor ich nicht weiß, was gerade passiert ist."

„Aber meine Leute sind da drüben!" protestierte Jenkins.

„Und wenn es der Präsident persönlich wäre." Hammond blieb stur. „Darüber hinaus würde er es selbst auch nicht wollen. Und ich glaube, Sie wollen es auch nicht wirklich, Captain. Wollen Sie den Goa'uld tatsächlich die Tür zur Erde öffnen?"

Einige Sekunden lang starrte Jenkins den General nur an, und Jack konnte regelrecht sehen, wie es hinter seiner Stirn arbeitete. Aber schließlich siegte doch die Vernunft.

„Sie haben recht, General", sagte er. „Entschuldigen Sie."

„Wir sind alle nervös, nicht wahr?" Hammond deutete auf Jenkins Hals. „Gehen Sie zur Sanitätsstation und lassen Sie sich verarzten. Vielleicht sind wir ja schon schlauer, wenn Sie zurückkommen."

Jenkins hob die Hand an den Hals, betastete seine verbrannte Haut und betrachtete anschließend nachdenklich seine Fingerspitzen, als verstünde er nicht, was überhaupt passiert war. „Ja“, sagte er. „Dann sagen wir in...“

„In einer Stunde, in meinem Büro“, unterbrach ihn Hammond. „Und jetzt gehen Sie zum Arzt. Das sieht nicht gut aus.“

Zur allgemeinen Überraschung zog sich Jenkins tatsächlich ohne weiteres Wenn und Aber zurück. Hammond schien selbst nicht damit gerechnet zu haben, denn er sah Jenkins eine Sekunde lang fast verdutzt hinterher, ehe er sich wieder O'Neill zuwandte.

„Jetzt zu uns, Colonel. Diese Jaffa. Haben Sie Krieger wie diese je zuvor gesehen? Oder von ihnen gehört?“

„Nein“, antwortete Jack.

„Trotzdem sind sie keine Unbekannten für uns“, begann Daniel. „Sie sind...“

Hammond hob die Hand. „Bitte, Doktor Jackson. Wir alle sind gespannt auf Ihre Erklärung, aber bitte sparen Sie sie sich für später auf. Was mich primär interessiert ist: Wie sind sie hierher gekommen? Ist das der Moment, vor dem wir uns alle seit fünf Jahren fürchten? Haben sie die Koordinaten der Erde gefunden?“

Dann wäre alles aus, dachte Jack. Der einzige Grund, aus dem es so etwas wie eine freie Erde überhaupt noch gab, war der, daß die Goa'uld zwar um ihre Existenz wußten, aber weder ihre galaktische Position kannten, noch die Koordinaten im galaxisweiten Netz der SternenTors. Es klang fast schon absurd, aber der alleinige Grund, aus dem die Menschheit nicht schon vor fünftausend Jahren von den außerirdischen Parasiten unterjocht worden war, war die Paranoia eines einzelnen Goa'uld: Ra.

Ra war der einzige gewesen, der die Position der Erde kannte; die Heimatwelt der Menschen, die sich als wertvolle Sklaven bewiesen hatten. Vermutlich waren sie die Quelle seines Reichtums gewesen, das Fundament, auf dem sich sein Einfluß und seine Macht im komplizierten Kastensystem der Goa'uld stützte. Entsprechend eifersüchtig hatte er die Position des Ortes gehütet, von dem sie kamen. Als sie ihn zusammen mit seinem Raumschiff in die Luft gesprengt hatten, da hatten sie wohl – mehr durch Zufall – auch alle Spuren beseitigt, die zur Erde führten.

Aber wie lange würde dieser Schutz halten? Die Goa'uld wußten, daß es sie gab, und sie wußten auch, daß die Erde nicht mehr der primitive Planet voller williger Diener war, die hingebungsvoll auf die Ankunft übermächtiger Götter von den Sternen warteten. Die Suche nach der Erde stand mit Sicherheit ganz oben auf ihrer Prioritätenliste. Glücklicherweise gab es eine Menge SternenTors in der Galaxis. Und noch sehr viel mehr Planeten...

„Ich glaube nicht", sagte Fraiser.

„Wieso?" fragte Hammond.

Diesmal war Fraisers kurzes Zögern nicht geschauspielert. „Irgend etwas an der ganzen Geschichte stört mich", sagte sie. „Ich weiß noch nicht, was, aber... irgend etwas paßt nicht ins Bild. Ich muß mir die Daten noch einmal ansehen."

„Sie haben nicht gewußt, daß sie hierher kommen", sagte Sam.

„Das stimmt", bestätigte Daniel. „Hätten sie es gewußt, hätten sie nicht nur zehn oder zwölf Krieger geschickt..."

„Sondern vermutlich zehn- oder zwölf*tausend,* ich weiß", sagte Hammond düster. „Sie haben recht, Doktor Fraiser: Irgend etwas geht hier nicht mit rechten Dingen zu. Es ist wie verhext."

„Ja", flüsterte Daniel. „Oder als hätte der Teufel seine Hand im Spiel."

5

Natürlich verging sehr viel mehr als die Stunde, von der Hammond gesprochen hatte, ehe sie sich alle wieder in seinem Büro trafen. Mehr als drei Stunden nach der verabredeten Zeit versammelten sie sich an dem großen Konferenztisch in Hammonds Büro. Jenkins war der letzte, der hereinkam. Er trug einen sauberen weißen Verband um den Hals, und seine Augen wirkten ein wenig trüb; zusammen mit seinen leicht fahrigen Bewegungen ein deutliches Indiz dafür, daß er offensichtlich ein starkes Schmerzmittel bekommen hatte. Hammond schien das ebenfalls zu bemerken, denn er runzelte mißbilligend die Stirn, verbiß sich aber jeden Kommentar, sondern deutete nur wortlos auf einen freien Platz am Tisch. Jenkins setzte sich.

„Nun?" begann er. „Wann können wir meine Jungs da rausholen?"

„Um genau darüber zu reden, sind wir hier, Captain", antwortete Hammond. „So lange wir nicht ausschließen können, daß wir wieder uneingeladenen Besuch bekommen, bleibt das SternenTor versiegelt."

Es war Jenkins anzusehen, wie schwer es ihm fiel, sich zu beherrschen. „Und wann *können* Sie es ausschließen?" fragte er gepreßt.

„Dazu müßten wir erst einmal wissen, wo die Jaffa überhaupt hergekommen sind", sagte Fraiser. „Ich habe eine Theorie, aber mehr auch nicht. Und ob sie uns weiter hilft..." Sie hob die Schultern.

„Welche Theorie?" wollte Jenkins wissen.

Fraiser holte sich mit einem entsprechenden Blick von Hammond die Erlaubnis, ehe sie antwortete. „Meine erste Idee war, daß sie von der Hope gekommen sind – ein Jaffa-Kommando, das unsere Leute auf dem Attok´k-Schiff überrumpelt hat und jetzt nachsieht, was auf der anderen Seite des eingeschalteten SternenTors liegt. Aber dann hätten sie den Alarm auslösen müssen. Außerdem hätten wir es mit Sicherheit gemerkt, wenn ein Goa'uld-Schiff an der Hope angelegt und ein Prisenkommando entsandt hätte."

„Aber wo sind sie dann hergekommen?" fragte Jack verwirrt. „Sie können doch nicht einfach aus dem Nichts erscheinen!"

„In gewissem Sinne schon", antwortete Fraiser, die es offensichtlich wieder einmal genoß, ihr Wissen in kleinen Häppchen preiszugeben. „Sie erinnern sich an die technischen Probleme, die wir hatten, kurz bevor die Jaffa erschienen sind? Nun, ich habe mir die Aufzeichnungen angesehen. Der diensthabende Techniker hielt sie für eine Art Störsignal, aber ich glaube, es war das genaue Gegenteil."

„Aha", sagte Carter.

Fraiser lächelte flüchtig. „Was unsere Computer so in Aufregung versetzt hat, war die Transportsignatur eines dritten SternenTors", sagte sie. „Oder anders ausgedrückt: Die Goa'uld haben eines ihrer SternenTore benutzt, um sich in unsere Verbindung einzuklinken."

Ihre Worte schlugen ein wie eine Bombe. Für geschlagene fünf Sekunden war es vollkommen still, und alle starrten sie mit verschiedenen Abstufungen blanken Entsetzens in den Augen an. Wenn Fraisers Vermutung sich als mehr als eine bloße *Theorie* erweisen sollte, dann waren die Konsequenzen daraus geradezu unvorstellbar.

„Das... geht?" krächzte Jenkins schrill.

„Ich fürchte, ja", seufzte Fraiser. „Die Daten, die wir aufgezeichnet haben, sind ziemlich eindeutig."

„Das bedeutet, daß wir das SternenTor nicht mehr einschalten können", sagte Hammond düster.

Fraiser hob die Hand. „Nicht unbedingt", antwortete sie. „Ich kann nicht oft genug betonen, daß es nur eine Theorie ist. Aber wenn ich recht habe, dann dürfte es unvorstellbar schwierig sein, ein SternenTor auf die genaue Frequenz eines bereits aktivierten Wurmlochs einzustellen. Wahrscheinlich dauert es Stunden."

„Deshalb ist es auch noch nie vorgekommen", murmelte Jack. „Wir haben das Tor noch nie so lange ununterbrochen eingeschaltet gelassen."

„Das heißt, wir müssen uns nur auf einen Zeitraum von weniger als sechsunddreißig Stunden beschränken?" fragte Jenkins hoffnungsvoll.

„Jetzt, wo sie die Frequenz einmal kennen, wird es schneller gehen, fürchte ich", sagte Fraiser. „Wie gesagt – die notwendige Phasensynchronisation dürfte unglaublich kompliziert sein. Leider verfügen die Goa'uld auch über entsprechend fortschrittliche Computer... Eine halbe Stunde, würde ich sagen. Kaum mehr."

„Das reicht immerhin, um unsere Jungs zurückzuholen", sagte Jenkins.

„Sie verstehen offensichtlich nicht, was Doktor Fraiser gerade gesagt hat!" sagte Hammond düster. „Wir können das SternenTor praktisch nicht mehr einschalten. Wenn sie seine Frequenz kennen, müssen wir praktisch jedes Mal damit rechnen, daß sie hier auftauchen! Verdammt!"

„Verzeihung, General", sagte Fraiser, „aber das habe ich nicht gesagt."

Hammond plusterte sich auf. „Aber Sie haben doch gerade selbst gesagt..."

„Daß die Goa'uld die Transportsignatur des SternenTorskennen, ja", unterbrach ihn Fraiser. „Ich habe nicht gesagt, *welches* SternenTor. Wir hatten großes Glück, General. Irgendwo sind die Goa'uld wohl auch nur Menschen. Sie machen Fehler. Sie sind in unsere Straße

Auf der Welt der Unsichtbaren

O'Neill: Ein verhaßter Job beginnt

Kriegsrat – Der Gegner ist bereits da

Der Feind im Körper des Freundes

Kawalsky – Wegbereiter der Goa`uld

Erinnerungen im Moment des Todes.

Teal`c: Der Sher-Tekaschsch der Schlangen

Rückkehr durch das SternenTor – unmöglich!

Die Qualen des Tantalus enden nie...

Dem kosmischen Vermächtnis so nah

Sekundenbruchteile
vor dem Inferno

Der Tod im
Angesicht
des Tores

Waffen gegen den Herrn der Nacht

Die Waldmenschen – Bewahrer des Lebens

Wie erklärt man einem Kind den Sinn einer Waffe?

s Ende einer üfung

O'Neills Entscheidung: Der *Weg des Todes*

Mit dem Bogen gegen einen Gott

Das SG-1-Team – Das Ende einer Mission

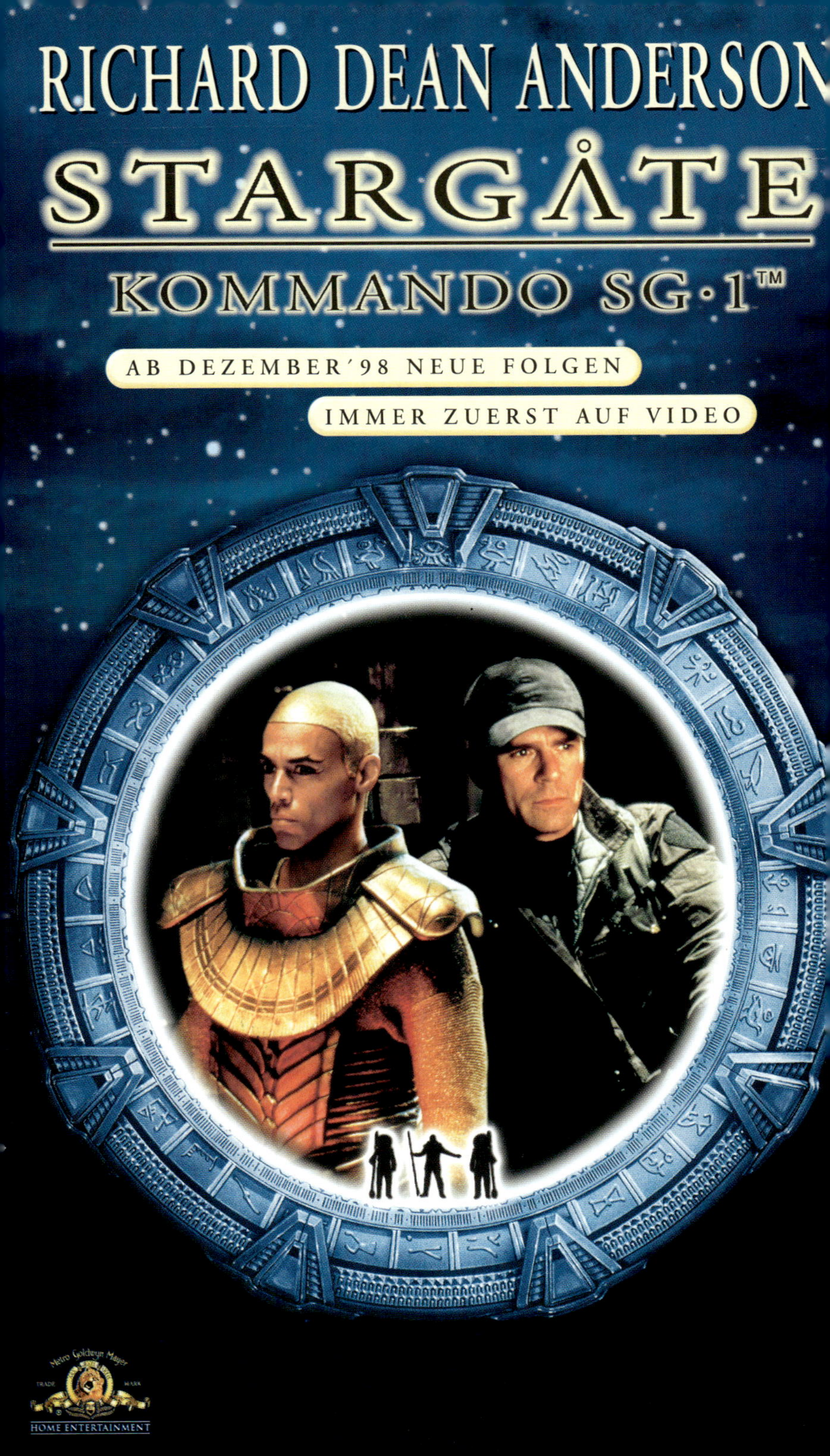
RICHARD DEAN ANDERSON
STARGÅTE
KOMMANDO SG·1™
AB DEZEMBER'98 NEUE FOLGEN
IMMER ZUERST AUF VIDEO
Metro Goldwyn Mayer
TRADE MARK
HOME ENTERTAINMENT

gelangt, aber wie es aussieht, sind sie schlicht und einfach falsch abgebogen. Sie wollten nicht zur Erde. Ihr Ziel war das Attok'k-Schiff."

„Oh", machte Daniel.

„Aber das kann doch genau so gut Zufall sein", sagte Jenkins.

„Sie wollten zur Hope", beharrte Fraiser. „Und ich glaube, sie wußten ganz genau, was sie dort antreffen würden." Sie beugte sich unter den Tisch und hob eine graue Pappschachtel auf, aus der sie einen vielleicht dreißig Zentimeter langen Metallzylinder nahm. Er bestand aus einer mattgolden schimmernden Legierung, in die zahlreiche Hieroglyphen eingeätzt waren. Oder zumindest etwas, das aussah, als wären es Hieroglyphen. Als Jenkins unaufgefordert danach griff und es in den Händen drehte, sah Jack allein an der Art der Bewegung, daß es sehr schwer sein mußte.

„Was ist das?" fragte Jenkins.

Fraiser sah einige Sekunden lang interessiert zu, wie Jenkins mit dem Zylinder spielte. „Eine Bombe", sagte sie dann.

Jenkins tat ihr nicht den Gefallen, den Zylinder vor Schrecken fallen zu lassen, aber er erstarrte mitten in der Bewegung und wurde deutlich blasser. „Eine... Bombe?"

„Eine Bombe", bestätigte Fraiser süffisant. „Aber keine Angst, Captain. Es ist keine...", sie ahmte mit den Händen eine Explosion nach, „keine *Bumm*-Bombe. Nach allem, was ich bisher über diesen kleinen Liebling herausfinden konnte, scheint es sich um einen Mechanismus zu handeln, der einen kurzen, aber extrem intensiven Strahlungsimpuls freisetzt. Eine Art Super-NEMP. Diese Bombe hätte wahrscheinlich jedes elektronische Bauteil auf der Hope zu Glas zerschmolzen. Und sie hätte jedes Lebewesen im Umkreis von zwei Meilen getötet. Glauben Sie mir: Sie hatten es auf die Hope abgesehen. Und sie wußten ganz genau, was sie finden würden."

„Wieso Lebewesen?" mischte sich Carter ein. „An Bord dieses Schiffes lebt doch gar nichts. Außer diesen... Kakerlaken."

„Bist du sicher?" fragte Daniel.

„Nur wenn man niemanden sieht, bedeutet das nicht, daß auch niemand da ist. Die Besatzung könnte durchaus noch..."

„Kaum", unterbrach ihn Fraiser.

„Ich gebe nicht gerne die Spielverderberin, aber das ist ziemlich unwahrscheinlich. Ich habe mir einige der Materialproben angesehen, die Captain Jenkins Männer mitgebracht haben. Dieses Schiff ist mindestens fünfzehntausend Jahre alt."

„Sie könnten sich in einer Art Tiefschlaf befinden", beharrte Daniel.

„Könnten, wenn, vielleicht." Hammond schnitt Daniel mit einer Geste das Wort ab, noch bevor er überhaupt etwas sagen konnte. „Wilde Vermutungen bringen uns nicht weiter. Doktor Fraiser – können Sie mir garantieren, daß wir das SternenTor lange genug einschalten können, um unsere Leute zurückzuholen?"

Fraiser nickte. „Eine halbe Stunde."

„Also fünfzehn Minuten", sagte Hammond. „Das reicht. Captain Jenkins, Sie und Colonel O'Neill und sein Team werden sich auf den Weg zur Hope machen und die Evakuierung vorbereiten. Wir schalten das SternenTor nach genau sechzig Minuten wieder ein. Das dürfte reichen, um Ihre Männer und den wissenschaftlichen Stab zum dortigen SternenTor zu schaffen." Er stand auf. „Wegtreten."

KONFRONTATION MIT DEM TODFEIND

1

Die Stimmung in der Transportkammer als angespannt zu bezeichnen, wäre die Untertreibung des Jahrhunderts gewesen. Selbst Teal'c war nervös – vielleicht zum ersten Mal, seit Jack ihn kennengelernt hatte. Er gab sich zwar alle Mühe, es sich nicht anmerken zu lassen, aber ein Mann, der normalerweise niemals eine Gefühlsregung zeigte, brauchte wohl keine großen, schauspielerischen Talente zu entwickeln.

„Was ist mit Ihnen, Colonel O'Neill" fragte Jenkins. „Sie sehen nervös aus."

Jack deutete auf den Jaffa. Teal'cs Hände umklammerten die Strahlenlanze mit solcher Kraft, als wolle er sie zerbrechen. „Teal'c ist nervös", antwortete er. „Und das macht *mich* nervös."

Jenkins sah den riesenhaften Jaffa eine Sekunde lang nachdenklich an, dann nickte er. Die Bewegung wirkte abgehackt und bereitete ihm vermutlich Schmerzen. „Ich verstehe", sagte er.

Jack bezweifelte das, aber er ersparte sich jede entsprechende Antwort. Wozu auch? Das Problem Jenkins würde sich in einer guten Stunde erledigt haben, und spätestens ein paar Tage danach ging alles wieder seinen normalen Gang. Es lohnte sich nicht mehr.

„Achtung!" plärrte eine Computerstimme über ihnen. „Das SternenTor wird aktiviert."

Ein rotes Licht begann zu flackern, und über ihnen senkten sich stählerne Jalousien vor das zerschossene Panzerglasfenster zum Kontrollraum. Hammond ging auf Nummer sicher. Natürlich tat er das. Hammond *war* Nummer sicher.

Der äußere Ring des SternenTors begann sich zu drehen, und die erste Klammer rastete ein. Als sich das schwere Panzerschott vor den Ausgang zu senken begann, schlüpfte eine Gestalt in einem grüngescheckten Tarnanzug zu ihnen herein und eilte mit schnellen Schritten auf sie zu.

„Puh, gerade noch geschafft", sagte Fraiser aufgeräumt. „Ich hätte es mir nie verziehen, wenn ich ausgerechnet diesmal zu spät gekommen wäre."

„Doktor Fraiser?" fragte Jenkins stirnrunzelnd. „Was tun Sie hier?"

„Wonach sieht das denn aus?" fragte Fraiser spöttisch. „Ich komme mit. Wenn ich mich richtig erinnere, dann haben Sie mich selbst darum gebeten."

„Das war eine völlig andere Situation!"

„General Hammond sieht das wohl nicht so", antwortete Fraiser. „Sie können sich ja hinterher bei ihm beschweren. Jetzt ist es ein bißchen zu spät."

Wie um ihre Worte zu unterstreichen, rastete in diesem Moment eine weitere Klammer ein, und der äußere Ring begann sich wieder zu drehen. Nach einer guten Minute war auch die letzte Klammer wieder an ihrem Platz, und hinter der geschlossenen Blende ertönte das vertraute Rauschen und Vibrieren des weit geöffneten Wurmlochs. Sonst nichts. Niemand versuchte, gewaltsam durch die stählerne Blende zu kommen, und auch die Alarmsirene blieb stumm. Trotzdem vergingen noch mehr als zwei Minuten, bis sich die Blende endlich öffnete. Und Jack war nicht der einzige, der erleichtert aufatmete, als dahinter nichts als das silberne Schimmern und Fließen zum Vorschein kam.

„Beeilen Sie sich, Gentlemen", drang Hammonds Stimme aus den Deckenlautsprechern.

„Wir schalten ab, sobald Sie das SternenTor passiert haben."

Sie setzten sich in Bewegung. Teal'c und Jenkins traten als erste und nebeneinander durch das SternenTor, dicht gefolgt von Daniel und Samantha. Als Jack und Fraiser dem silbernen Spiegel bis auf zwei Meter nahe gekommen waren, meldete sich Hammonds Stimme erneut: „Doktor Fraiser? Was tun Sie hier?"

„Ups!" sagte Fraiser grinsend. „Da muß ich wohl..."

Jack und sie traten nebeneinander in die Unendlichkeit, und Fraiser führte den begonnenen Satz eine halbe Milchstraße entfernt zu Ende.

„... etwas falsch verstanden haben."

Jack schüttelte nur den Kopf. Er hatte gewußt, daß Fraiser log. General Hammond hätte ihr nie die Erlaubnis gegeben, an einer Mission teilzunehmen, deren Ausgang nicht hundertprozentig sicher war.

Er sagte jedoch nichts, denn ihm und den anderen bot sich ein Anblick, der sie für alles entschädigte, was sie mit Jenkins erlebt hatten.

2

Jenkins lag auf dem Rücken. Einer seiner Männer kniete mit einem Bein auf seinem Magen und mit dem anderen auf seiner rechten Hand, ein zweiter drückte ihm die Mündung eines modifizierten M16-Sturmgewehres an die Schläfe. Zwei weitere Soldaten hatten offenbar versucht, dasselbe mit Teal'c zu tun, allerdings mit sehr viel weniger Erfolg. Der Rest des Teams bildete einen lockeren Halbkreis rings um das SternenTor, aus dem ihnen ein knappes Dutzend Gewehrläufe entgegenstarrten.

Die groteske Situation hielt noch ungefähr eine Sekunde lang an, dann begriffen sie endlich, *wen* sie da überwältigt hatten, und ließen ihre Gefangenen hastig los. Auch die beiden Seals, die Teal'c attackiert hatten, kamen mühsam wieder auf die Füße und betasteten ihre schmerzenden Glieder, und schließlich stemmte sich auch Jenkins mit zusammengebissenen Zähnen in die Höhe.

Einer der beiden Soldaten wandte sich hastig ab, während der andere unbehaglich von einem Fuß auf den anderen trat und sichtlich Mühe hatte, dem Blick seines Vorgesetzten Stand zu halten.

„Bitte verzeihen Sie, Sir", sagte er zerknirscht. „Wir... haben Sie nicht sofort erkannt."

„Verzeihen?" Jenkins betastete mit spitzen Fingern seinen verbundenen Hals und zog eine Grimasse. „Wieso denn? Das war ausgezeichnet. Aber was soll dieses Empfangskomitee?"

Der Mann atmete sichtbar erleichtert auf. „Als sich das Tor eingeschaltet hat, konnten wir nicht wissen, ob Sie zurückkommen, oder ob es die anderen sind."

„Die anderen?" Jack wurde hellhörig. „Welche anderen?"

Der Seal drehte sich halb herum und machte eine deutende Geste. Die Front seiner Kameraden hinter ihm wich auseinander, und Jack erblickte ein halbes Dutzend reglos ausgestreckter Gestalten, die graue Metallhemden trugen und die Köpfe riesiger Falken hatten.

„Jaffa!" sagte Sam erschrocken.

„Bericht, Lieutenant", schnappte Jenkins.

„Sie sind aufgetaucht, kurz bevor das SternenTor zusammengebrochen ist", antwortete der Soldat. „Sie haben sofort das Feuer eröffnet."

„Verluste?" fragte Jenkins.

„Muller, Tremaine und Kirkland, Sir", antwortete der Soldat. „Keine Verwundeten. Wir hatten Glück. Sie waren gut, aber ich hatte trotzdem das Gefühl, daß sie vollkommen überrascht waren. Sie schienen nicht mit unserer Anwesenheit gerechnet zu haben."

Während sie sprachen, hatten sie sich den toten Jaffa genähert. Jenkins Männer hatten die Falkenkrieger nebeneinander aufgereiht, und Jacks Respekt vor den Seals wuchs um ein gehöriges Stück, als er sah, wie präzise die Einschüsse in den metallenen Rüstungen und den Helmen waren. Jenkins Männer hatten die Schwachstellen in den bizarren Schutzanzügen offenbar sehr schnell erkannt.

„Das sind nur fünf", sagte Samantha. „Sagten Sie nicht, es wären sechs?"

Der Soldat nickte. „Einer lebt noch. Wir haben ihn in den Nebenraum gebracht."

„Er lebt?" Jack tauschte einen überraschten Blick mit Teal'c. Er hatte niemals gehört, daß ein Jaffa seinen Feinden lebendig in die Hände gefallen wäre. Das hätte der Goa'uld-Parasit in ihm gar nicht zugelassen.

„Bringen Sie uns zu ihm", verlangte er.

Der Soldat sah Jenkins an. „Sir."

„Machen Sie es, Lieutenant", sagte Jenkins. „Wir haben inzwischen noch eine Menge zu tun. Das Tor wird in genau einer Stunde wieder geöffnet. Bis dahin müssen wir fertig sein."

Irgend etwas an diesen Worten gefiel O'Neill nicht, aber er kam nicht dazu, den Gedanken zu Ende zu verfolgen, denn der Soldat drehte sich herum und ging mit schnellen Schritten davon. Sein Ziel war der sechseckige Gang, den Daniel am ersten Tag unter so dramatischen Umständen geöffnet hatte. Diesmal war auch die Tür an seinem anderen Ende geöffnet. Sie traten in einen zweiten, ebenfalls sechseckigen Raum, der allerdings genau so leer wie der Hangar nebenan war. Der Jaffa saß mit gefesselten Händen und angezogenen Knien an der gegenüberliegenden Wand. Sein Helm war zurückgeklappt, so daß sie sein schwarzes, edel geschnittenes Gesicht erkennen konnten. Er hatte eine tiefe Platzwunde an der linken Schläfe, und seine Hände waren mit einer dünnen Plastikschnur zusammengebunden, so daß er sich nur selbst verletzt hätte, hätte er versucht, sich mit Gewalt zu befreien. Er wurde von zwei Navy-Seals bewacht, die mit entsicherten Gewehren auf ihn zielten.

3

Der Jaffa war bei Bewußtsein. Seine Augen waren weit geöffnet und wach. Als er Teal'c erblickte, blitzte es kurz und verächtlich darin auf.

„Daniel." Jack blieb zwei Schritte vor den Jaffa stehen und gab Daniel einen Wink. Der Archäologe trat vor und sprach den Jaffa langsam und in einer Sprache an, die sich in Jacks Ohren wie ein alter arabischer Dialekt anhörte und es vermutlich auch war. Der Falkenkrieger maß ihn eine Sekunde lang mit undeutbaren Blicken und drehte dann langsam den Kopf in Teal'cs Richtung.

„Teal'c, der Verräter", sagte er in beinahe akzentfreiem Englisch, bevor er sich an Jack wandte. „Und Sie müssen Colonel Jackson O'Neill sein."

„Sie sprechen unsere Sprache?" fragte Jack überrascht.

„Ich bin Hacon't, aus dem Hause des Horus", antwortete der Jaffa. „Wir alle sprechen Ihre Sprache, Colonel O'Neill." „Aber woher wissen Sie, wer wir sind?"

Hacon't setzte zu einer Antwort an, aber Daniel kam ihm zuvor. „Sha'uri", sagte er. „Und Skaara."

Jack warf ihm einen raschen, besorgten Blick zu. Daniels Stimme zitterte, und in seinen Augen war etwas, was ihn zutiefst erschreckte. Er bedeutete Teal'c mit einem entsprechenden Blick, auf ihn aufzupassen, und der Jaffa trat unauffällig hinter ihn.

„Ihre Frau, Doktor Jackson, und IhrZiehsohn, Colonel O'Neill", sagte Hacon't. „Sie haben uns sehr viel über Sie erzählt. Über sie alle. Auch über dich, Verräter."

Die letzten Worte galten Teal'c, der sie zumindest äußerlich ungerührt zur Kenntnis nahm.

„Wo sind sie?“ fragte Daniel. „Du weißt, wo sie sind! Sind sie bei euch, bei Horus?“ Er wollte auf Hacon't zutreten, aber Teal'c legte ihm eine seiner Pranken auf die Schulter, und er erstarrte wieder. Er zitterte am ganzen Leib.

Hacon't schüttelte den Kopf. „Sie sind nicht im Hause des Horus“, sagte er.

„Aber ich kann Sie beruhigen, Doktor Jackson. Sie werden Ihre Frau wiedersehen – so wie Sie Ihren Ziehsohn, Colonel O'Neill.“

Daniel wollte abermals auffahren, aber diesmal brachte Jack ihn mit einer befehlenden Geste zum Schweigen. „Mit wem rede ich überhaupt?“ fragte er. „Mit dem Jaffa Hacon't, oder mit seinem Goa'uld ?“

Einen Moment lang kam es ihm so vor, als ob es tief in den Augen des Jaffa unheimlich aufleuchtete, und er spannte sich innerlich in Erwartung des kommenden mentalen Hiebs. Dann begriff er, daß es nur ein böses Lächeln war.

„Macht das einen Unterschied?“ fragte er.

„Für mich schon“, erwiderte O'Neill.

„Und für den Verräter auch“, nickte Hacon't. „Trotzdem kann ich diese Frage nicht beantworten. Und ich bin auch nicht hierher gekommen, um mit Ihnen zu reden, Colonel O'Neill, so kurzweilig ich es auch finde. Dazu ist unsere Zeit zu knapp.“

„Zeit?“ O'Neill legte den Kopf auf die Seite. „Wie kommen Sie darauf, daß wir keine Zeit haben? Wir haben alle Zeit der Welt.“

„Ich fürchte, das ist ein Irrtum. Sie hätten niemals hierher kommen dürfen. Und Sie sind schon viel zu lange hier.“

„Zu lange wofür?“ fragte Sam.

„Spüren Sie es nicht?“ fragte Hacon't. „Sie schienen mir eine empfindsame Frau zu sein, Captain Carter. Sie müssen es fühlen. Es erwacht.“

„Was erwacht?“ fragte Jack scharf.

Hacon't schüttelte den Kopf. „Hören Sie auf mich, Colonel O'Neill. Bringen Sie Ihre Leute hier weg, so lange noch Zeit ist. Lassen Sie mich hier – oder töten Sie mich, wenn Sie glauben, es tun zu müssen. Aber gehen Sie weg, so lange Sie es noch können!“

„Das werden wir“, antwortete Jack grimmig. „Aber ich werde Sie nicht töten, Hacon't, und wir werden Sie auch nicht hier zurücklassen. Sie werden uns begleiten. Wir werden eine Menge Zeit haben, um miteinander zu reden.“

„Sie verstehen immer noch nicht“, sagte Hacon't enttäuscht. „Ich spreche in diesem Moment nicht als Ihr Feind. Ich weiß, wie schwer es Ihnen fallen muß, mir das zu glauben, aber ich sage die Wahrheit. Das, was ihr zu wecken im Begriff seid, wird unsere beiden Völker vernichten, und viele anderen dazu. Die Attok´k haben schon einmal großes Unheil über die Völker dieser Galaxis gebracht.“

„Und die Goa'uld haben die intelligenten Rassen dieser Galaxis in einem selbstlosen Kampf gerettet“, sagte Daniel spöttisch. „Mir bricht das Herz.“

„Bitte, Daniel“, sagte Jack. „Dazu ist im Moment wirklich keine Zeit. Wir können später über alles reden.“

„Es wird kein später geben, Colonel O'Neill“, sagte Hacon't. „Nicht, wenn Sie nicht auf mich hören.“

Jack wandte sich an die beiden Marines. „Passen Sie auf ihn auf“, sagte er. „Hören Sie nicht auf das, was er sagt – und sehen Sie ihm auf keinen Fall in die Augen. Wenn er zu fliehen versucht, schießen Sie ihm ins Knie.“

„Am besten in beide“, sagte Daniel haßerfüllt.

Jack setzte dazu an, etwas zu sagen, beließ es aber dann bei einem resignierenden Seufzen. Das klang so gar nicht nach dem ruhigen, fast schon zurückhaltendem Daniel Jackson, den er kannte. Wahrscheinlich lag es einfach an der Situation. Und an diesem unheimlichen Ort. Sie waren erst seit wenigen Minuten hier, aber er spürte es schon wieder. Etwas flößte ihm hier ein schon fast körperlich spürbares Unbehagen ein.

Dabei gab es in seiner Umgebung absolut nichts, was dieses Gefühl erklären konnte. In jeder der sechs gleich großen Wände befand sich eine wabenförmige Tür, sonst nichts. Die Wände waren vollkommen fugenlos, als wäre dieses ganze Schiff aus einem einzigen Stück gegossen worden. Und irgend etwas hier... machte ihm Angst. Vollkommen grundlos. Er begann sich zu fragen, ob Hacon't nicht vielleicht recht hatte.

Er schüttelte den Gedanken ab und ging mit langsamen Schritten zu Fraiser hinüber, die zusammen mit Swanson, Leyman und zwei der anderen Wissenschaftlern unter einem der offenen Durchgänge stand und offenbar schon wieder in ein intensives Fachgespräch vertieft war. Als sie näher kamen, sah Jack, daß Swanson und die beiden anderen blaß und übernächtigt aussahen. Wahrscheinlich hatte keiner von ihnen in den letzten vierzig Stunden geschlafen.

„Colonel O'Neill!" Fraiser strahlte vor Begeisterung. „Ist das nicht phantastisch?"

„Ich finde es eher ein bißchen eintönig", antwortete Jack. „Die Attok´k scheinen ihre Schulden nicht bezahlt zu haben. Jemand hat ihnen alle Möbel weggepfändet."

Swanson lachte, aber ihre Augen blieben müde. Und auch die mühsam unterdrückte Furcht wich nicht aus ihrem Blick.

„Ich glaube, sie waren eher außergewöhnlich ordentlich. Kommen Sie." Sie trat an die Wand neben der Tür.

„Wir haben eine Weile gebraucht, um es herauszufinden, aber im Grunde ist es ganz simpel."

Sie legte die flache Hand auf die Wand. Im ersten Moment konnte O'Neill dort absolut nichts erkennen, aber dann erschien unter ihren Fingern ein handtellergroßer, sechseckiger Schalter. Sie drückte ihn, und etwas noch viel Unheimlicheres geschah: Die Wand, vor der sie standen, schien sich zu verflüssigen. Das mattweiße Metall schlug Wellen, kräuselte sich und erstarrte zu neuen Formen. Nach wenigen Sekunden standen sie vor einem komplizierten, vom Boden bis zur Decke reichenden Durcheinander aus Schaltern, Bildschirmen, fremdartig beschrifteten Tasten und bizarren Anzeigeinstrumenten.

„Unglaublich!" flüsterte Daniel.

„So sehr nun auch wieder nicht", sagte Fraiser. „Ich nehme an, das Material hat die Erinnerung an seine Form irgendwie gespeichert. Vielleicht an mehrere Formen. So etwas Ähnliches gibt es bei uns auch. Nur nicht... ganz so hoch entwickelt."

Daniel warf ihr einen zweifelnden Blick zu, aber Fraiser nickte so heftig, daß ihr Haar flog. „Haben Sie noch nie eine jener Brillen gehabt, die man nach Herzenslust verbiegen kann, und die immer wieder ganz von selbst in ihre ursprüngliche Form zurückschnappen? Das hier ist das gleiche System. Nur ungleich weiter entwickelt. Es ist so... ökonomisch."

Swansons Blick drückte eine Mischung aus Anerkennung und Neid aus. Vermutlich hatte sie selbst sehr viel länger gebraucht, um zu diesem Ergebnis zu kommen. „Es ist überall auf dem Schiff dasselbe", sagte sie. „Und das ist noch nicht einmal das Erstaunlichste." Sie deutete auf den Durchgang. „Wir haben etwas gefunden, von dem wir annehmen, daß es sich um die Kommandozentrale handelt. Möchten Sie sie sehen?"

Fraiser sah O'Neill fragend an, und O'Neill reagierte mit einem Blick auf seine Uhr. Sie hatten noch gute fünfundvierzig Minuten, bevor Hammond das SternenTor wieder öffnete. Zeit genug.

„Seien Sie vorsichtig, Sir", rief ihnen einer der Soldaten nach. „Diese Biester sind überall. Wir haben die meisten von ihnen erledigt, aber es könnten immer noch welche da sein."

O'Neill hob dankend die linke Hand und ließ gleichzeitig mit einer entsprechenden Bewegung das Gewehr von der rechten Schulter gleiten. Sie hatten so viel an die Jaffa, die Goa'uld und dieses unheimliche Schiff gedacht, daß sie die kaum weniger große Gefahr, die durch die Killerinsekten drohte, fast vergessen hatten.

Auch der nächste Raum, in den sie gelangten, war vollkommen leer. Swanson und Leyman steuerten zielsicher die dem Eingang gegenüberliegende Wand an und drückten gleichzeitig zwei unsichtbare Tasten, woraufhin diesmal gleich ein ganzes Drittel des Raumes in Bewegung zu geraten schien. Eine der sechs Flächen verwandelte sich in einen einzigen, riesenhaften Bildschirm, der so perfekt arbeitete, daß Jack das Gefühl hatte, mit einem Schritt hinaus ins freie Weltall treten zu können. Die beiden Wände rechts und links des gewaltigen Monitors waren mit einer verwirrenden Vielfalt vollkommen unverständlicher Geräte und Anzeigeinstrumente bedeckt.

„Das ist unglaublich!" flüsterte Fraiser. „Das ist... einfach phantastisch!" Ihr Blick wechselte zwischen Swanson, Leyman und der gewaltigen Instrumentenwand. „Konnten Sie schon etwas über die Funktionsweise dieser Geräte herausfinden?"

„Wir haben uns nicht getraut, viel herumzuexperimentieren", gestand Leyman. „Eine falsche Entscheidung kann eine Menge Schaden anrichten."

„Immerhin glauben wir zu wissen, daß die Attok'k keine Humanoiden waren", fügte Swanson hinzu. „Sie müssen sehr viel größer als wir gewesen sein. Und anscheinend haben sie mehr als zwei Arme gehabt. Jedenfalls läßt die Anordnung der Geräte darauf schließen, wie sie..." Sie brach ab, starrte die Instrumententafel vor sich einen Moment lang irritiert an und blinzelte ein paarmal.

„Was ist?" fragte Jack.

„Nichts", antwortete Swanson. Sie rieb sich die Augen. „Ich bin anscheinend doch müder, als ich zugeben möchte. Seit wir hier sind, habe ich höchstens zwei Stunden geschlafen."

4

Sie kam nicht dazu, weiter zu sprechen. Jack gewahrte eine Bewegung aus den Augenwinkeln und riß seine Waffe herum, aber wie meistens reagierte Teal'c auch diesmal schneller als er. Seine Strahlenlanze stieß einen grellorangefarbenen Lichtblitz aus, der Swanson nur um einen halben Meter verfehlte und in der Wand hinter ihr explodierte. Bildschirme und fremdartige Apparaturen gingen zischend in Flammen auf. Funken sprühten, und geschmolzenes Metall rann dünnflüssig wie Wasser die Wand hinab. Inmitten der zischenden Glut verbrannte etwas Dunkles, Zappelndes mit viel zu vielen Beinen und gefährlichen Beißzangen zu Asche.

Swanson hatte sich mit einem Schrei in Sicherheit gebracht. Jetzt starrte sie abwechselnd Teal'c und die brennende Instrumentenwand vor sich an. „Sind... sind Sie wahnsinnig?" stammelte sie. „Wissen Sie, was... was Sie da getan haben?!"

„Er hat Ihnen das Leben gerettet, Doktor", sagte Jack nervös. Er verfluchte sich innerlich für seine Unaufmerksamkeit. Der Soldat hatte ihn noch gewarnt, aber er hatte das Insekt einfach nicht gesehen, verdammt noch mal!

„Er hat einen... einen unermeßlichen Schaden angerichtet!“ stammelte Swanson.

„Warten Sie!“ sagte Leyman. Vorsichtig, um sich nicht an dem heißen Metall zu verbrennen, trat er näher an die Wand heran.

„Seht euch das an!“ flüsterte er aufgeregt. „Seht doch!“

O'Neill trat wie alle anderen neugierig näher. Ihm fiel auf dem ersten Blick nichts Außergewöhnliches auf; außer vielleicht, daß Teal'cs Strahlenlanze erstaunlich wenig Schaden angerichtet hatte, wenn er bedachte, aus welch geringer Entfernung der Jaffa seine Waffe abgefeuert hatte. Leyman, Swanson und Fraiser – und nach einem Moment auch Sam – starrten die Wand jedoch aus so großen Augen an, daß er noch ein Stück näher herantrat und genauer hinsah.

„Unglaublich!“ murmelte Swanson. „Es ist fast, als... als ob sie sich selbst repariert!“

Erst jetzt, durch ihre Worte aufmerksam gemacht, sah Jack es auch: In der Mitte des Einschußlochs glühte das Metall noch immer in einem dunklen, unangenehmen Rotton, aber an den Rändern schien es fast, als hätte sich das Metall verflüssigt. Es schien regelrecht zu schmelzen, schnell und lautlos wie Wachs, das man versehentlich in einen Mikrowellenherd gelegt hatte. Aber es tropfte nicht herunter, wie vorhin, als Teal'c auf das Insekt gefeuert hatte, sondern schien wie von einem eigenen Willen beseelt. Seine Oberfläche zitterte und bebte, wogte hin und her und formte sich schließlich neu.

„Das ist phantastisch!“ flüsterte Fraiser. „Der Memory-Effekt ist noch viel stärker, als ich erwartet hatte!“

„Puh!“ machte Sam. Sie schüttelte ein paarmal den Kopf und sagte in bewußt ironischem, aber leider vollkommen verunglücktem Tonfall: „Kein Wunder, daß die Goa'uld solche Schwierigkeiten hatten, die Attok´k zu schlagen. Ein Schiff, das sich selbst repariert, dürfte relativ schwierig zu zerstören sein.“

Leyman schenkte ihr einen kurzen, aber eindeutig abfälligen Blick und sagte: „So könnte man es auch ausdrücken.“ Nach einem übertrieben pantomimischen Blick auf ihre Rangabzeichen fügte er hinzu: „Captain.“

Jack ärgerte diese Überheblichkeit. Er setzte dazu an, Leyman darauf hinzuweisen, daß Captain Samantha Carter nicht nur Soldat, sondern nebenbei auch eine hervorragende Wissenschaftlerin war, aber dann gewahrte er das spöttische Glitzern in ihren Augen und ließ es sein. Es war weiß Gott nicht das erste Mal, daß Carter sich in einer solchen Situation fand. Sie war eine Frau, sie sah phantastisch aus, und sie trug Uniform – das war für eine gewisse Art von Männern mehr als Grund genug, sie in eine Schublade zu stecken, aus der sie auch ein Dutzend Doktortitel nicht herausgeholt hätte. Mittlerweile amüsierte sie sich nur noch darüber.

Er war auch nicht sicher, ob Sam recht hatte. Vielleicht war *zerstören* nicht der richtige Begriff. Vielleicht gab es ein anderes Wort, das den Kern der Sache genauer traf. Aber er wagte es nicht einmal in Gedanken, es auszusprechen.

Fraiser hingegen geriet in regelrechte Verzückung. „Das ist unglaublich!“ sagte sie. „Diese Technologie ist...“ Sie suchte nach Worten. „Sie übertrifft alles, wovon ich bisher auch nur zu träumen wagte! Dagegen sind selbst die Goa'uld primitiv!“

Hinter ihnen trappelten schwere Schritte, und einer der beiden Navy-Seals stürmte herein. Er hatte sein Gewehr schußbereit in der Hand und sah sich erschrocken um. „Was ist passiert? Wer hat geschossen?“ „Es ist alles in Ordnung“, sagte Jack rasch. „Es war nur eines von diesen...

Insekten." Er machte eine Kopfbewegung auf das Häufchen schwarzer Schlacke, das am Fuß der Wand lag. „Teal'c hat sich darum gekümmert."

„Verdammte Wanzen! Wir haben schon Hunderte von ihnen abgeknallt, aber es gibt immer noch welche."

„Das Schiff ist ja auch groß genug", sagte Leyman. „Wir haben noch lange nicht alle Räume und Gänge untersucht, aber ich schätze, daß es mindestens siebenhundert Meter lang sein muß – wenn nicht mehr." Er sah zuerst Fraiser und dann O'Neill an und schien enttäuscht, nicht wenigstens mit etwas Erstaunen belohnt zu werden, aber diese Zahl beeindruckte Jack nicht besonders. Zweifellos *war* sie gewaltig – dieses Jahrtausende alte Schiff war groß genug, um einen irdischen Flugzeugträger darin zu verstecken. Aber er selbst war schon an Bord eines Raumschiffes gewesen, das größer war. Und er hatte es zerstört.

Er sah auf die Uhr. Ihnen blieb noch eine knappe halbe Stunde. „Wenn Sie sich noch ein wenig umsehen wollen, dann beeilen Sie sich besser, Doktor Fraiser. Unsere Zeit läuft allmählich ab."

Fraiser griff in eine der zahlreichen Taschen ihres Kampfanzugs, zog eine durchsichtige Kunststofftüte heraus und ließ sich in die Hocke sinken, um nach den verkohlten Überresten des Insekts zu greifen.

„Seien Sie bloß vorsichtig, Doc", sagte der Soldat spöttisch. „Eines von den Biestern hat Tucker gestern glatt einen Finger abgebissen, und da waren wir auch ganz sicher, es erledigt zu haben. Allerdings war es eines von den Großen."

Jack drehte sich überrascht herum.

„Den... Großen?"

„Die kleinen Babys da sind schlimm genug", antwortete der Soldat. „Aber dann sollten Sie erst einmal die Großen sehen."

„Das würde ich gerne", sagte Fraiser. Sie hatte schlagartig jedes Interesse an dem verkohlten Insekt verloren und stand auf.

„Kein Problem." Der Seal machte eine Kopfbewegung auf den Gang hinter sich. „Kommen Sie."

Fraiser folgte ihm, und O'Neill folgte Fraiser. Daniel, Teal'c und Sam wollten sich ihnen anschließen, aber er schüttelte den Kopf. „Nur Captain Carter", sagte er. „Daniel – passen Sie auf, daß alle in spätesten zwanzig Minuten am SternenTor sind."

Er gab Daniel keine Gelegenheit, zu protestieren, sondern ging schnell weiter. Carter schwieg, bis sie den Raum verlassen hatten, dann sagte sie: „Sehr rücksichtsvoll von Ihnen, Sir. Aber ich hätte ihm schon nicht den Hals gebrochen." Sie lachte. „Allerhöchstens einen Arm. Oder beide."

Jack lachte ebenfalls, aber irgendwie blieb ihm dieses Lachen im Halse stecken. Natürlich machte Sam nur einen Witz. Und gleichzeitig war da etwas in ihrer Stimme, was ihn schaudern ließ. Es wurde Zeit, daß sie diesen unheimlichen Ort verließen.

Der Soldat führte sie in eine weitere sechseckige Kammer. Die Wände waren glatt und fugenlos wie überall, aber auf dem Boden lagen zahlreiche mehr oder weniger verstümmelte Insektenkadaver.

„Nach der Sache mit Tuckers Finger haben wir sie alle hierher geschafft", sagte der Soldat. „Ich schätze, sie sind alle tot, aber man kann nie wissen. Seien Sie vorsichtig."

Fraiser nickte zwar, aber allein ihre Bewegung machte deutlich, was sie von dieser Warnung hielt. Es war besser, wenn er in ihrer Nähe blieb. Jack entsicherte unauffällig sein Gewehr und ließ die Waffe in seine Armbeuge rutschen. Auf der anderen Seite tat Sam dasselbe. Dicht nebeneinander gingen sie zwischen Hunderten, wenn nicht Tausenden von Insektenkadavern hindurch. Jenkins Männer hatten ganze Arbeit geleistet. Die meisten waren so zerfetzt, daß sie kaum noch als die Überreste von lebenden Wesen zu erkennen waren.

Plötzlich blieb Fraiser stehen und riß die Augen auf. „Großer Gott!“ flüsterte sie. Samantha gab keinen Laut von sich, aber auch ihre Augen wurden groß, und ihr Gesicht verlor jede Farbe.

Alarmiert sah Jack in die gleiche Richtung wie die beiden Frauen. Zwischen den Kadavern der kleineren Insekten lag etwas, was sie nicht nur an Größe, sondern auch an Häßlichkeit leicht um das Dreifache übertraf. Kopf- und Schulterpartie waren nur noch ein einziger Brei aus zersplittertem Chitin und schwarz eingetrocknetem Blut, aber der Rest des schäferhundgroßen Körpers war nahezu unbeschädigt. Er war schuppig gepanzert wie die der kleineren Insekten, aber viel schlanker, und seine Glieder waren nicht ganz so asymmetrisch. Die Klauen an den kräftigen Hinterbeinen sahen ganz so aus, als könnten sie einen ausgewachsenen Menschen ohne Mühe in Stücke reißen.

„Das ist... unglaublich“, flüsterte Fraiser. Sie ließ sich vor dem toten Monster in die Hocke sinken. Jack dachte an die Warnung des Soldaten und streckte die Hand aus, um sie zurückzuhalten, aber irgend etwas an dem toten Ungeheuer schien Fraiser schon genug zu erschrecken. Sie hielt einen respektvollen Abstand zum Kadaver und machte nicht einmal den Versuch, ihn zu berühren.

„Sehen Sie das, Sam?“ flüsterte sie. „Das ist... unglaublich.“

Sam nickte. Sie wirkte plötzlich sehr angespannt. „Ja. Aber ich glaube es nicht.“

„Was ist denn daran so ungewöhnlich?“ erkundigte sich Jack. „Ich meine, es ist größer als die anderen – und?“

Fraiser sah verwirrt zu ihm hoch. „Sehen Sie es denn nicht?“ Sie gab ihm nicht einmal die Chance, auch nur Luft zu einer Antwort zu holen, sondern sprang mit einem Ruck auf die Füße und wirbelte regelrecht zu dem Soldaten herum. „Wann sind diese Kreaturen das erste Mal aufgetaucht?“ fragte sie.

„Gestern.“

„Können Sie uns zeigen, wo?“

Der Seal sah sie verständnislos an. „Wo? Überall. Ich meine – es sind nicht sehr viele, aber sie sind...“ Er zuckte mit den Schultern. „Am ehesten vielleicht unten, im Maschinenraum.“

„Maschinenraum?“

„Doktor DeClerk hat ihn so getauft“, antwortete der Soldat. „Er glaubt, es wäre der Antrieb. Für mich ist es nur eine leere Kammer.“

„Führen Sie uns hin“, befahl Fraiser, aber diesmal mischte sich O'Neill ein.

„Moment“, sagte er. „Unten? Was heißt das?“

„Vier oder fünf Etagen tiefer, Sir“, antwortete der Soldat. „Es gibt einen Lift.“

Jack dachte an das, was Leyman über die Größe des Schiffes erzählt hatte. Mit einem Mal kam ihm siebenhundert Meter sehr viel größer vor als noch vor ein paar Minuten. „Dazu haben wir keine Zeit“, sagte er entschieden. „Es tut mir leid.“

„Dazu ist Zeit, Colonel.“

„Wir...“

„Wir sollten auf sie hören, Jack“, mischte sich Sam ein. „Es könnte wichtig sein.“

Es war nicht einmal das, was sie sagte, sondern die Art, wie sie es sagte, die Jack schließlich nicken ließ. Er stellte auch keine entsprechende Frage mehr. Wäre es möglich gewesen, sie mit wenigen Worten zu beantworten, hätte

Fraiser es bereits getan. „Also gut“, sagte er. „Zehn Minuten. Wenn wir bis dahin nichts gefunden haben, kehren wir um. Ohne Diskussion.“

„Dann sollten wir uns beeilen, Sir“, sagte der Seal. „Dieses Schiff ist verdammt groß.“

Sie verließen den Raum beinahe im Laufschritt, aber Jack entging nicht, daß Fraiser sich noch mindestens zweimal zu dem toten Rieseninsekt herumdrehte. Sie war noch immer leichenblaß.

EIN TÖDLICHER IRRTUM

1

Sie bewegten sich nicht ein paar hundert, sondern nur einige Dutzend Meter tiefer in das Schiff hinein, aber Jack begann schon nach der dritten oder vierten Abzweigung die Orientierung zu verlieren. Es war ein unheimliches Gefühl, durch diese vollkommen leeren, weißen Gänge und Hallen zu eilen, und zudem überaus verwirrend. Das weiße, aus dem Nichts kommende Licht und die sterile sechser-Geometrie hätten ihrer Umgebung etwas technisch-Kaltes geben sollen, aber das genaue Gegenteil war der Fall: Mit jedem Schritt, den sie tiefer in das Schiff vordrangen, hatte er mehr das Gefühl, von wisperndem, unheimlichen Leben umgeben zu sein. Was er fühlte, war längst keine Angst mehr. Die Stimmen waren wieder da. Und diesmal flüsterten sie nicht mehr, sie schrien.

Jack atmete erleichtert auf, als ihr Führer stehenblieb und mit offensichtlicher Ungeduld darauf wartete, daß sie zu ihm aufschlossen. Sie hatten ihr Ziel jedoch noch nicht erreicht. Statt des Maschinenraums, von dem der Soldat gesprochen hatte, befand sich vor ihnen nur eine sechseckige, gut zwei Meter messende Öffnung im Boden. Jack beugte sich vorsichtig vor und unterdrückte nur mit Mühe ein Schaudern, als er sah, daß der Schacht mindestens dreißig Meter weit in die Tiefe reichte. Es gab weder eine Leiter noch irgendeine vergleichbare Kletterhilfe.

„Und wie kommt man hinunter?“ fragte Samantha.

Der Seal antwortete nicht, sondern tat etwas vollkommen Verrücktes: Er machte einen großen Schritt über den Rand des Schachtes. Jack hielt vor Schrecken den Atem an.

Aber er stürzte nicht. Der Mann blieb einfach reglos in der Luft hängen, so als hätte die Schwerkraft jede Macht über ihn verloren.

Fraiser schüttelte ungläubig den Kopf. „Ein Null-G-Feld“, murmelte sie. „Unglaublich. Selbst die Goa'uld sind noch tausend Jahre von so etwas entfernt!“

Der Seal grinste wie ein Schuljunge, dem ein besonders ausgeklügelter Streich gelungen war, und machte eine einladende Handbewegung.

„Mylady? Sir? Wenn ich bitten dürfte?“

Jack schluckte mühsam. Es kostete ihn seine gesamte Kraft, seine Furcht zu überwinden und einen Schritt ins Nichts hinaus zu tun. Er stürzte so wenig ab wie der Marine. Er hatte sogar das verrückte Gefühl, weiter den Boden unter den Füßen zu spüren. Aber da war kein Boden. Unter ihnen befanden sich nur dreißig oder vierzig Meter Nichts. Alle seine Instinkte liefen Amok. Er mußte seine gesamte Kraft aufwenden, um nicht zu schreien.

Sam und Fraiser traten neben ihm ins Leere. Sam wirkte nervös und hatte mit Sicherheit genau so viel Angst wie er, während Fraisers Blick einfach nur fassungsloses Staunen widerspiegelte.

„Und wie... kommen wir jetzt nach unten?“ fragte Sam nervös.

„Abwärts“, sagte der Soldat grinsend. Ohne, daß Jack auch nur die geringste Bewegung fühlte, begannen sie sanft in die Tiefe zu gleiten. „Keine Sorge“, fuhr er fort. „Nach oben geht es genau so.“

„Man muß es nur sagen?“ fragte Jack ungläubig.

„Denken“, verbesserte ihn der Seal. „Sie müssen es sich nur intensiv wünschen. Aber es ist leichter, wenn man es ausspricht.“

„Telepathische Steuerung“, murmelte Fraiser. „Mein Gott! Kein Wunder, daß die Goa'uld sie nicht besiegen konnten!“

„Es... macht mir Angst“, gestand Carter.

„Das ging uns am Anfang allen so“, antwortete der Seal. „Aber wenn man sich einmal daran gewöhnt hat, ist es großartig. Stellen Sie sich nur vor, wie es wäre...“

„Stellen Sie sich lieber nicht zu viel vor, Lieutenant“, unterbrach ihn Fraiser. „Und seien Sie vorsichtig mit dem, was Sie sich wünschen. Sie könnten es bekommen.“

Der Marine sah sie irritiert an, zuckte aber nur mit den Schultern und sagte nichts mehr.

Sie hatten das untere Deck ohnehin fast erreicht. Der unsichtbare Lift hielt so sanft an, wie er sich in Bewegung gesetzt hatte, und ihr Führer setzte seinen Weg durch das gleichförmige Labyrinth fort. Dann und wann stießen sie auf ein totes Insekt, und einmal fuhren Jack und er gleichzeitig zusammen, als sich irgendwo weit vor ihnen etwas bewegte. Aber was immer es war, es verschwand, noch bevor sie ihre Waffen in Anschlag bringen konnten.

Schließlich blieben sie stehen. Der Soldat trat wortlos an eine der Wände heran und drückte einen unsichtbaren Schalter, und das schon bekannte, unheimliche Gleiten und Fließen verzerrte die Wände. Nach kaum einer Minute standen sie nicht mehr in einem leeren Raum, sondern in etwas, das auch Jack für einen Maschinensaal gehalten hätte. Jedenfalls nahm er an, daß die bizarren Gebilde, die wie durch Zauberei aus dem Boden gewachsen zu sein schienen, Maschinen waren.

„Hier?" fragte Fraiser, während sie sich aus zusammengekniffenen Augen umsah. „Sie sind hier zum ersten Mal aufgetaucht?"

„Wir haben sie hier jedenfalls zum ersten Mal gesehen", bestätigte der Seal. „Und aus irgendeinem Grund haben sie diesen Raum am hartnäckigsten verteidigt."

Fraiser begann mit langsamen Schritten zwischen den bizarr geformten Gebilden herzugehen. Sie hütete sich weiter, irgend etwas anzufassen, aber Jack sah ganz deutlich, daß sie nach irgend etwas Ausschau hielt. Nein, falsch. Sie suchte nicht nach etwas. Sie hatte Angst, etwas ganz Bestimmtes zu entdecken.

„Wonach sucht sie?" fragte Jack. Sam antwortete jedoch nicht, sondern trat ganz im Gegenteil neben Fraiser und beteiligte sich an ihren Nachforschungen.

Es war purer Zufall, daß sie mit dem Leben davonkamen. Die beiden Frauen gingen dicht an etwas vorbei, das Jack für einen Kubus aus massivem Stahl gehalten hätte, als dieser mit einem hellen Laut wie zerspringendes Glas auseinanderbarst. Aus seinem Inneren explodierte ein Wesen, das direkt aus einem Fiebertraum zu stammen schien.

Das Geschöpf war abermals größer als das, das sie weiter oben gefunden hatten. Es bewegte sich so schnell, daß Jack nur ein wirbelndes Chaos aus reiner Bewegung, blitzenden Klauen, Geifer und reißenden Zähnen erkannte. Fraiser schrie entsetzt auf und prallte zurück, und Sam sprang mit einem überraschten Keuchen in die entgegengesetzte Richtung, versuchte gleichzeitig ihre Waffe von der Schulter zu reißen und stürzte auf ein Knie herab, als sie durch die doppelte hastige Bewegung das Gleichgewicht verlor. Der lange, mit rasiermesserscharfen Dornen bewehrte Schwanz des Insektenmonsters zischte genau dort durch die Luft, wo sich ihr Gesicht befunden hätte, hätte sie die Bewegung normal zu Ende geführt.

„Runter!“ schrie Jack.

Sam reagierte instinktiv und warf sich zur Seite, und Jack und der Marine feuerten gleichzeitig. O'Neill schoß gezielt und ein einziges Mal, während das M16 des Seals einen sekundenlangen, dröhnenden Feuerstoß ausspie. O'Neills Kugel stanzte ein sauberes Loch in die gepanzerte Stirn der Bestie und riß ihren halben Hinterkopf weg, als sie auf der anderen Seite wieder austrat, und die MP-Salve riß ihren halben Hinterleib auf. Das Ungeheuer kippte kreischend zur Seite. Seine Gliedmaßen zuckten im Todeskampf und schlugen Funken aus dem Boden.

Sam richtete sich unsicher auf. Sie war noch blasser geworden, schien aber nicht verletzt zu sein. Ihr Blick irrte unstet über das sterbende Insekt und saugte sich dann an dem zersplitterten Kubus fest, aus dem es hervorgekommen war.

„Seien Sie vorsichtig, Sam“, sagte Fraiser nervös. „Da könnten noch mehr sein.“

„Da sind noch mehr“, antwortete Sam nervös. „Oder was glauben Sie, was das da ist?“ Sie deutete mit einer Kopfbewegung auf eine Reihe ähnlicher Kuben. Jack hätte geschworen, daß einige von ihnen vor ein paar Minuten noch nicht dagewesen waren.

Der Marine wollte seine Waffe heben, aber Jack winkte ab. „Sparen Sie sich Ihre Munition, Lieutenant“, sagte er. Dann wandte er sich direkt an Fraiser. „Was ist hier los?“

Sie hatte sich vorgebeugt und spähte aus respektvollem Abstand in den zerberstenden Kubus; so vorsichtig wie ein Kind, das den Deckel einer Kiste öffnete, in dem es einen Springteufel vermutete. „Das hier ist kein Maschinenraum“, sagte sie. „Es ist ein Gen-Labor. Raus hier. Schnell!“

2

Sie erreichten das SternenTor acht Minuten vor der verabredeten Zeit. Swanson, Leyman und die anderen Wissenschaftler waren bereits vollzählig angetreten – und das im wahrsten Sinne des Wortes. Vielleicht bildete es sich Jack ja nur ein, aber die Aufstellung des halben Dutzends Männer und Frauen – und vor allem der Marines, die sie umgaben – erinnerte ihn eher an einen Gefangenentransport als an irgend etwa anderes. Einige von Jenkins Seals waren jetzt mit Goa’uld-Strahlenlanzen bewaffnet, die sie den toten Jaffa abgenommen hatten. Hacon’t selbst stand hoch aufgerichtet und mit steinernem Gesicht ein Stück abseits. Er wurde gleich von vier Marines bewacht, die allesamt sehr nervös wirkten. Aber eigentlich galt das für alle hier. Jack nahm an, daß jedermann hier mehr als froh war, endlich nach Hause zu kommen.

„Sind alle vollzählig?“ fragte er.

Jenkins Blick glitt flüchtig über die Reihe seiner Männer, dann schüttelte er den Kopf. „Mallory und Barnes fehlen“, sagte er. „Aber keine Sorge. Sie werden pünktlich da sein.“

Jack sah auf die Uhr.

„Noch sieben Minuten.“

„Sie kommen“, sagte Jenkins noch einmal. „Zerbrechen Sie sich nicht meinen Kopf, Colonel. Ich kann mich auf meine Männer verlassen.“ Damit drehte er sich um und ging mit schnellen Schritten davon.

„So viel dazu“, sagte Sam stirnrunzelnd. „Der alte Jenkins ist wieder da. Schade. Der andere hat mir besser gefallen.“

„Vielleicht sollte man ihm öfter in den Hals schießen", knurrte Jack. Er erschrak über seine eigenen Worte. Nicht, weil er sie gesagt hatte, sondern weil er sie ganz genau so gemeint hatte. Es wurde wirklich Zeit, daß sie diesen Ort verließen. Er schüttelte den Gedanken ab und suchte nach Fraiser. Sie stand bei den anderen Wissenschaftlern und war schon wieder in eine heftige Diskussion mit Swanson und Leyman verstrickt. Ihrer Gestik und ihrem Gesichtsausdruck nach zu schließen war es nicht unbedingt ein freundschaftliches Kollegengespräch.

Als Jack sich in Bewegung setzen wollte, erscholl hinter ihm ein dumpfes Klacken, und der äußere Ring des SternenTors begann sich langsam zu drehen. Jack runzelte überrascht die Stirn und sah abermals auf die Uhr, und aus seiner Verwirrung wurde schlagartig Sorge.

Wie aus dem Boden gewachsen stand Jenkins plötzlich neben ihm. „Ihr General Hammond ist zu früh", sagte er spöttisch.

Die erste Klammer rastete mit einem dumpfen Knirschen ein, und Jack schüttelte den Kopf. „Das ist nicht Hammond." Er starrte das SternenTor an, bis die zweite Klammer eingerastet war, dann drehte er sich herum und sah zu Hacon't zurück. Der Jaffa stand reglos und mit noch immer unbewegtem Gesicht da, aber in seinen Augen war etwas, das Jack beunruhigte. Triumph?

„Die Jaffa?" Jenkins erbleichte. „Dann schalten Sie das Ding ab, verdammt noch mal!"

„Und wie?" fragte Jack. „Ich meine: Sehen Sie hier irgendwelche Bedienungselemente?"

Die dritte Klammer rastete ein, und der äußere Ring begann sich schneller zu drehen. Jenkins starrte das rotierende Rad zwei, drei Sekunden lang aus eng zusammengekniffenen Augen an, dann fuhr er zu seinen Leuten herum und begann Befehle zu bellen.

Die Marines rissen ihre Waffen von den Schultern und verteilten sich in der Halle. Einer seiner Bewacher trat Hacon't so heftig in die Kniekehle, daß der Jaffa auf die Knie fiel. Seine Lippen zuckten, aber Jack war ziemlich sicher, daß es kein Schmerz, sondern nur ein spöttisches Lächeln war, das er unterdrückte.

Die vierte Klammer rastete ein. Teal'c aktivierte seine Strahlenlanze und richtete sie auf die noch leere Fläche im Inneren des Metallringes, und Carter riß ihr Gewehr von der Schulter und rannte mit weit ausgreifenden Schritten auf das SternenTor zu.

„Captain!" brüllte Jack. „Bleiben Sie stehen! Das ist ein Befehl!"

Carter blieb nicht stehen, sondern rannte im Gegenteil noch schneller. Was hatte sie vor?

Als die fünfte Klammer einrasten wollte, war Carter heran, drehte ihr Gewehr herum und rammte den Kolben zwischen die Klammer und den inneren Ring. Ein dumpfes Knirschen erscholl. Das Gewehr verkantete sich und wurde Sam mit solcher Gewalt aus den Händen gerissen, daß sie zu Boden schleuderte. Das Knirschen wurde lauter. Das Gewehr bewegte sich ruckelnd hin und her, als sich die Klammer mit unwiderstehlicher Gewalt weiter schloß und das Griffstück aus stahlhartem Kunststoff so mühelos zermalmte wie eine Hundert-Tonnen-Presse einen Pappbecher. Die Klammer schloß sich unaufhaltsam weiter, zerquetschte das Sturmgewehr zur Dicke einer Postkarte – und erstarrte.

Ein hohes, immer schneller und schriller werdendes Singen erklang, steigerte sich binnen Sekunden bis über die Grenzen des Hörbaren hinaus und brach dann plötzlich ab. Der äußere Ring drehte sich ein Stück weiter, bewegte sich dann zitternd in die entgegengesetzte Richtung und kam endgültig zur Ruhe. Das dunkelrote Pulsieren der vier aktivierten Klammern loderte noch einmal auf und erlosch dann. Eine Sekunde später hörte auch das Arbeitsgeräusch des SternenTors endgültig auf.

„Puh", sagte Carter, während sie sich mühsam aufrappelte. „Ich weiß, normalerweise nimmt man Sand, aber ich mußte improvisieren."

Jack lachte. „Gute Arbeit, Captain. Ich..."

Hinter ihm erscholl ein Schrei, gefolgt von einem dumpfen Schlag und dem Geräusch eines schweren Körpers, der auf den Boden schlug. Jack fuhr herum und sah gerade noch, wie auch der zweite Marine zu Boden ging und Hacon't herumfuhr. Er war nicht einmal überrascht – aber bis ins Mark entsetzt – als er sah, wie der hünenhafte Jaffa seine gewaltigen Schultermuskeln anspannte und die Handfesseln einfach abriß. Das stahlharte Plastik zerschnitt seine Handgelenke bis hinab auf die Knochen, aber er schien weder den Schmerz noch das Blut zu spüren, das in Strömen über seine Hände rann. Er stürmte einfach weiter, rannte einen weiteren Marine kurzerhand über den Haufen und beschleunigte seine Schritte noch. Jack gefror schier das Blut in den Adern, als er sah, wohin der Jaffa rannte.

„Hacon't!" schrie Jenkins. „Bleiben Sie stehen! Das ist die letzte Warnung!"

Hacon't stürmte einfach weiter, und Jenkins hob die Hand. „Feuer!"

Mindestens ein halbes Dutzend Schüsse krachten gleichzeitig. Hacon't mußte die Gefahr im letzten Moment gespürt haben, denn er schlug einen Haken und duckte sich. Nur zwei Kugeln trafen ihn. Die eine schlug Funken aus dem Kettengewebe über seiner linken Schulter und riß ihn herum, die zweite bohrte sich zwischen seine Schulterblätter und ließ ihn mit weit vorgestreckten Armen nach vorne stürzen. Er schlitterte über den spiegelblanken Boden, prallte gegen einen der toten Horuskrieger und kam mit einem knochenbrechenden Ruck zum Liegen. Seine Hände tasteten über den Kettenpanzer des Toten.

„Nein“, murmelte Fraiser.

Dann schrie sie: „Erschießt ihn! Um Gottes Willen, erschießt ihn!“

Ohne Zweifel wären die Seals dieser Aufforderung liebend gerne nachgekommen, aber ausgerechnet Jenkins und Teal’c machten es ihnen unmöglich. Beide stürmten gleichzeitig los. Ein einzelner Schuß krachte und verfehlte Jenkins offensichtlich nur um Haaresbreite, denn er fuhr er mitten im Lauf erschrocken zusammen und machte einen fast komisch anmutenden Hüpfer, der ihn Hacon’t zwar ein gutes Stück näher, zugleich aber auch vollends in die Schußbahn brachte. Der Jaffa nutzte die zwei Sekunden, die er auf diese Weise gewonnen hatte, und griff blitzschnell unter das Kettenhemd des toten Falkenkriegers. Als seine Hand wieder zum Vorschein kam, hielt sie einen dreißig Zentimeter langen, reich ziselierten Zylinder von goldschimmernder Farbe.

Jenkins riß seine Pistole aus dem Gürtel und feuerte aus der Bewegung heraus. Die Kugel traf Hacon’ts Hand und zerschmetterte sie. Der Jaffa brüllte vor Schmerz, ließ den Zylinder fallen und griff praktisch gleichzeitig mit der anderen, unversehrten Hand danach, und Teal’c war mit einem gewaltigen Satz über ihm, drehte seine Strahlenkanone herum und ließ ihr stumpfes Ende mit fürchterlicher Wucht herabsausen. Jack konnte das gräßliche Knirschen brechender Knochen selbst über zwanzig Meter Entfernung hinweg deutlich hören. Hacon’t brüllte vor Schmerz, und Teal’c wirbelte auf der Stelle herum, schleuderte den Metallzylinder mit einem Fußtritt davon und versetzte dem Falkenkrieger schließlich einen Fausthieb, der ihm das Bewußtsein raubte. Fraiser spurtete gleichzeitig los, scheuchte Jenkins Männer mit hastigen Bewegungen zur Seite und bückte sich nach dem Zylinder.

„Alles in Ordnung?“ fragte Jack besorgt.

Fraiser hob den Zylinder mit spitzen Fingern hoch und stieß hörbar die Luft aus. „Wenn Sie damit fragen wollten, ob die Bombe hochgegangen ist, lautet die Antwort eindeutig nein“, sagte sie. „Allerdings frage ich mich, warum niemand die Toten durchsucht hat.“ Sie funkelte Jenkins an. „Sie waren doch dabei, als wir über dieses... Ding hier gesprochen haben, oder?“

Jenkins starrte den goldschimmernden Zylinder in ihren Händen an und preßte die Lippen zu einem schmalen, blutleeren Strich zusammen. Er schwieg.

„Schluß jetzt“, befahl Jack. „Wir klären das später. Captain Jenkins, was ist mit Ihren beiden Männern? Uns bleiben nur noch ein paar Minuten.“

Jenkins starrte zuerst das blockierte SternenTor, dann O’Neill aus ungläubig aufgerissenen Augen an. „Sie... Sie wollen das Ding doch nicht etwa wieder einschalten?“ krächzte er

„Haben Sie eine bessere Idee?“ fragte Jack. „Es ist ein bißchen weit, um zu laufen.“ Er sah auf die Uhr. „Noch zwei Minuten.“

„Aber...“

„Wir haben keine Wahl“, unterbrach ihn Jack. „Teal’c!“

Zusammen mit dem Jaffa ging er zum SternenTor zurück und versuchte, die Überreste von Sams Gewehr aus der verklemmten Klammer zu ziehen. Einige Augenblicke lang bezweifelte er ernsthaft, daß sie es schaffen würden. Selbst Teal’cs gewaltigen Kräfte schienen überfordert. Dann löste sich das zermalmte Gewehr mit einem so plötzlichen Ruck, daß sie beide rückwärts taumelten und beinahe gestürzt wären. Der äußere Ring des SternenTors bewegte sich mit einem sonderbaren, fast seufzend klingenden Laut in die Nullposition zurück und kam wieder zur Ruhe.

„Das war knapp“, sagte Sam.

„Und hoffentlich nicht ganz umsonst“, fügte Jenkins hinzu, diesmal direkt an sie gewandt.

„Beten wir, daß Sie den Mechanismus nicht beschädigt haben.“

Sam blickte ihn einen Moment lang verdutzt an, blickte dann für eine weitere Sekunde auf das zerquetschte Gewehr hinab – und begann schallend zu lachen. „Damit? Verzeihen Sie, Captain, aber... ich dachte, Sie hätten sich vor Beginn der Mission über das SternenTor informiert.“

„Was soll das heißen?“ fragte Jenkins.

„Das soll heißen, daß zumindest uns keine Möglichkeit bekannt ist, ein SternenTor zu zerstören“, antwortete Jack an Carters Stelle. „Und den Goa'uld vermutlich auch nicht. Wäre es nicht so, hätten sie das hier vermutlich in ganz kleine Stücke zerlegt und über die halbe Milchstraße verstreut.“

Der Boden unter ihren Füßen begann zu Zittern, und der äußere Ring des SternenTors setzte sich zitternd in Bewegung. Jenkins blinzelte nervös. „Hammond ist wirklich auf die Sekunde pünktlich“, murmelte er. „Wenn er es ist...“

Diesmal hatten sie keine andere Wahl, als abzuwarten. Jack redete sich mit aller Macht ein, daß es gar nichts anderes sein konnte als das SternenTor auf der Erde. Die statistische Wahrscheinlichkeit, daß die Goa'uld genau in der mit Hammond abgesprochenen Sekunde einen zweiten Versuch unternahmen, zu ihnen durchzudringen, lag nahezu bei Null. Aber sie hatten schon Dinge erlebt, die unwahrscheinlicher gewesen waren.

Die Klammern rasteten nacheinander ein, und das SternenTor erwachte zu silbrigem Leben. Und bevor irgend jemand auch nur ein Wort sagen konnte, trat Teal'c mit einem einzigen Schritt hinein und war verschwunden.

Fünf endlose, quälende Sekunden vergingen, dann kehrte der Jaffa zurück und sagte ruhig: „Erde."

„Wunderbar", knurrte Jenkins. „Dann sind wir ja alle abmarschbereit." „Alle wohl nicht", stichelte Carter.

Jenkins sah sie eine halbe Sekunde lang irritiert an, dann fuhr er auf dem Absatz herum und fauchte den ersten Soldaten an, der das Pech hatte, in seiner Nähe zu stehen. „Anderson, suchen Sie Mallory und Barnes, diese beiden Idioten! Wenn sie ihre beiden Ärsche nicht in spätestens fünf Minuten hierher geschafft haben, dürfen sie die nächsten fünfzig Jahre an diesem gastlichen Ort verbringen!"

Der Mann lief davon, so schnell es ihm in seinem schweren Anzug möglich war, und Jenkins wandte sich mit einem zu gleichen Teilen spöttischen wie verzeihungsheischenden Ton zu Carter um. „Bitte verzeihen Sie den groben Ton, Mylady – aber den verstehen sie nun einmal am besten."

Carter ersparte sich jede Antwort. Statt dessen wandte sie sich an Fraiser und die versammelten Wissenschaftler. „Sie zuerst. Und... bitte beeilen Sie sich."

Der letzte Satz wäre kaum nötig gewesen. Die beiden Frauen und fünf Männer traten nicht durch das SternenTor, sie flohen regelrecht hindurch. Jack konnte sie nur zu gut verstehen. Er mußte sich selbst beherrschen, um nicht einfach loszustürmen.

Zwei Soldaten hoben den bewußtlosen Jaffa hoch und trugen ihn zum Tor, und Jenkins blickte nachdenklich zu den toten Falkenkriegern hin.

„Denken Sie nicht einmal daran", sagte Jack.

„Woran?"

„Sie mitzunehmen", sagte Jack. „Das sind nicht nur fünf tote Jaffa. Es sind möglicherweise auch fünf lebende Goa'uld. Mit Hacon't ist schon einer zu viel auf der Erde."

Zu seiner Überraschung widersprach Jenkins nicht, sondern drehte sich achselzuckend herum und sah ungeduldig in die Richtung, in der der Seal verschwunden war. „Anderson!“ brüllte er. „Wo zum Teufel stecken Sie?“

Er bekam keine Antwort. Aber nach ein paar Sekunde... hörten sie etwas.

Jack konnte im allerersten Moment nicht sagen, was. Das Geräusch klang... sonderbar. Leise, fast rhythmisch, und auf die gleiche Weise beunruhigend, wie alles an Bord dieses Schiffes irgendwie beunruhigend und falsch war. Er konnte es nicht richtig einordnen, aber das Geräusch – ein unheimliches Rascheln und Klicken und Schleifen – schien auf unheimliche Weise mit der Stimme in ihm zu kommunizieren. Geht weg! Verschwindet von hier! Geht, so lange ihr es noch könnt!

Und vielleicht konnten sie es schon gar nicht mehr.

Jack gerann vor Schrecken fast das Blut in den Adern. Anderson kam zurück – und diesmal rannte er, als wäre der Teufel höchstpersönlich hinter ihm her.

Im gewissen Sinne war er das auch.

Jack verstand schlagartig die Bedeutung der unheimlichen Geräusche, die ihn alarmiert hatten. Es war das Klicken und Scharren Tausender und Abertausender Insektenklauen auf dem harten Boden. Anderson stürzte mit gewaltigen Sätzen in den Hangar, und hinter ihm brodelte eine regelrechte Flutwelle aus Insekten herein, Hunderte, Tausend, wenn nicht Zehntausende kleiner, gepanzerter Ungeheuer, die neben-, und übereinander herkrabbelten, hüpften, sprangen.

„Scheiße“, sagte Jenkins inbrünstig. Dann schrie er: „Feuer frei!“

Vielleicht sagte er auch noch mehr, aber wenn, dann gingen seine Worte im Lärm des Dutzends automatischer Gewehre unter, die im gleichen Augenblick loshämmerten.

Die Wirkung war spektakulär. Jenkins Navy-Seals bewiesen erneut, daß sie ihren Ruf nicht umsonst genossen. Ihr Feuer war unglaublich präzise. Die Kugeln schlugen zum Teil nur wenige Zentimeter neben Anderson ein, und die pure Wucht der Salve sprengte die Front der Insekten einfach auseinander. Wo vor einer Sekunde noch der sichere Tod für jedes menschliche Wesen in diesem Raum herangerast war, explodierte jäh eine brodelnde Wolke aus Qualm, Chitintrümmern, Blut und auseinander spritzenden Leibern. Anderson rannte taumelnd weiter und kam plötzlich aus dem Tritt. Eines der Geschosse streifte seinen Arm und riß einen handgroßen Fetzen aus dem zähen Stoff seines Anzugs, aber er blieb auf den Beinen. Wahrscheinlich spürte er den Schmerz in diesem Moment nicht einmal. Sein Gesicht konnte Jack nicht erkennen, denn er hatte seinen Helm heruntergeklappt.

Er hatte auch keine Zeit, genauer hinzusehen. Er hatte sein Gewehr von der Schulter gerissen und feuerte, was seine Waffe hergab, und auch Teal'c hatte seine Strahlenlanze gesenkt und gab kurze, gezielte Feuerstöße auf die näher rückende Insektenarmee ab.

„Rückzug!“ bellte Jenkins. „Alle Mann zum Sternen-Tor! O'Neill! Teal'c! Wir decken Sie!“

O'Neill fragte sich zwar, wer Jenkins eigentlich das Kommando über ihn und SG-1 übertragen hatte, aber jetzt war wirklich nicht der Moment, darüber zu diskutieren. Er visierte ein ganz besonders großes, häßliches Exemplar der Insektenkreaturen an, riß den Abzug seiner Waffe durch und registrierte mit grimmiger Befriedigung, wie es in Stücke gerissen wurde.

Das Insekt war nicht das einzige seiner Art. Der überwiegende Teil der Insektenarmee bestand aus den kleinen, sechsbeinigen Scheusalen, die Jenkins Männer respektlos Wanzen getauft hatten, aber er entdeckte auch einige der größeren Monstren, wie sie sie im Zentralraum gesehen hatten, und zwei oder drei der Alptraumkreaturen aus dem Genlabor. Und es wurden immer mehr. Obwohl Teal'c seine Strahlenlanze rücksichtslos einsetzte, reichte ihre Feuerkraft einfach nicht aus, um das Vorrücken der gepanzerten Armee wirklich zu stoppen. Es waren einfach zu viele.

„Anderson! Raus!" brüllte Jenkins.

Der verwundete Soldat taumelte an ihnen vorüber und verschwand in der Quecksilberscheibe des SternenTors. Zwanzig Schritte hinter ihm stürmten die ersten Insekten heran. O'Neill riß das leer geschossene Magazin aus der Waffe, rammte ein neues hinein und feuerte weiter. Neben ihm sprühte Teal'cs Strahlenwaffe Feuer und Tod, und Jenkins schleuderte eine Handgranate in die wimmelnde Masse, die mit einem dumpfen Knall explodierte und Dutzende von Insekten zerriß.

Es war hoffnungslos. Sie wichen Schritt für Schritt und ununterbrochen feuernd bis unmittelbar vor das SternenTor zurück, aber die Anzahl der Insekten schien mit jedem Schuß zu wachsen, den sie auf die näherkommende Armee abfeuerten. Jenkins warf kurz hintereinander eine zweite und dritte Granate, ohne den Vormarsch der Insekten damit auch nur nennenswert zu verlangsamen, und hinter ihnen sprangen Carter und die beiden letzten Marines in das SternenTor.

„Weg jetzt!" schrie Jenkins. Er warf seine letzte Handgranate, und gleichzeitig schwenkte Teal'c seine Lanze im Halbkreis herum und gab eine Salve kurzer Energiestöße ab. Das letzte, was O'Neill von der Transportkammer des Attok´k-Schiffes sah, war ein lodernder Halbkreis aus Feuer, der sie einschloß und rasend schnell näher zu kommen schien, dann fuhr er herum, hechtete in das SternenTor – und tauchte annähernd tausend Lichtjahre entfernt und eine Sekunde später wieder auf. Er fiel, rollte sich blitzschnell über die Schulter ab und nutzte den Schwung seiner eigenen Bewegung, um wieder auf die Füße zu kommen und gleichzeitig ein Stück zur Seite zu springen. Unmittelbar hinter ihm tauchten Teal'c und Jenkins aus dem SternenTor auf, und unmittelbar hinter ihnen wiederum die ersten Insekten.

Teal'c feuerte. Seine Strahlenlanze verbrannte drei oder vier Insekten zu Asche, die anderen wurden von einer hämmernden MP-Salve regelrecht in Stücke gerissen. O'Neill zog den Kopf zwischen die Schultern und rannte im Zickzack die Rampe hinab. Jenkins Seals hatten beiderseits der Rampe Aufstellung genommen und feuerten schnell und präzise auf die Killerinsekten, die hinter ihnen aus dem SternenTor quollen. Jack warf einen hastigen Blick über die Schulter zurück. Es war wie vorhin, an Bord des Schiffes: Für jedes Insekt, das die Soldaten erschossen, schienen drei neue aufzutauchen. Vor dem SternenTor häuften sich schon nach zwei Sekunden Hunderte von zerrissenen Insektenkadavern, aber über die größer werdende Barriere krochen immer mehr und mehr der vielbeinigen Scheußlichkeiten. Die Monster kannten anscheinend weder Schmerz noch Angst vor dem Tod.

Endlich erlosch das schimmernde Silberfeld des SternenTors, und mit ihm versiegte auch der Strom der Killerinsekten. Jenkins Männer feuerten weiter, und auch Teal'c jagte noch ein halbes Dutzend Energieimpulse in den Haufen aus brennenden Insektenleibern, aber schließlich war es vorbei.

O'Neill hatte den Fuß der Rampe erreicht und blieb schwer atmend stehen. Er verbrannte sich die Hand am heiß geschossenen Lauf seines eigenen Gewehrs, ließ die Waffe mit einem Fluch fallen und sah sich nach Daniel und Samantha um. Die beiden standen zusammen mit Fraiser in der Nähe des Ausgangs und versuchten ganz offensichtlich, die aufgebrachten Wissenschaftler zu beruhigen. Das Panzerschott vor dem Ausgang war nicht heruntergelassen, aber zwei Soldaten mit vorgehaltenen Gewehren hinderten sie daran, den Raum zu verlassen; eine Sicherheitsmaßnahme, für die die Wissenschaftler allem Anschein nach nicht besonders viel Verständnis aufbrachten.

Jenkins blieb neben ihm stehen, schob die Pistole in seinen Gürtel zurück und maß das ausgeschaltete SternenTor mit einem finsteren Blick. „Das war knapp“, murmelte er. „Verdammtes Viehzeug! Wir werden uns etwas einfallen lassen müssen.“

Jack glaubte nicht, daß sich das noch als nötig erweisen würde. Sie würden ganz gewiß nicht noch einmal auf das Attok´k-Schiff zurückkehren. Jenkins wußte das so gut wie er, aber anscheinend wollte er es immer noch nicht wahr haben. Es lohnte sich nicht, darüber zu streiten.

„Seien Sie froh, daß Sie noch am Leben sind“, sagte er.

Jenkins schnaubte. „Da drüben befindet sich noch immer Material und Ausrüstung für mehrere Millionen Dollar“, sagte er. „Sie glauben doch nicht, daß ich das einfach zurücklasse! Ich bin für das Zeug verantwortlich!“

„Sie sind verrückt“, murmelte O’Neill. „Haben Sie immer noch nicht genug Männer verloren?“

„Zu viele“, antwortete Jenkins bedrückt. „Und ich muß dorthin zurück, damit es nicht noch mehr werden.“

Jack gab es auf. Es war sinnlos. Jenkins gehörte eindeutig zu den Menschen, mit denen zu streiten pure Zeitverschwendung war.

Die Deckenlautsprecher erwachten knackend zum Leben, und dann meldete sich Hammonds Stimme: „Alles in Ordnung, Colonel O’Neill?“

Jack drehte sich herum und winkte Hammond flüchtig zu, der hinter der Panzerglasscheibe des Kontrollraumes stand und mißtrauisch zu ihnen herabsah. Er hätte antworten können; zweifellos hatte Hammond auch die Richtmikrophone eingeschaltet, so daß er jedes Wort verstand. Aber aus irgend einem Grund wollte er das nicht. Er hob abermals die Hand, und diesmal winkte Hammond zurück. Der General hätte es niemals laut zugegeben, aber er war ebenso erleichtert wie alle anderen, sie lebend und unversehrt wiederzusehen.

„Was ist hier eigentlich los?" fragte Jenkins laut. „Wieso hindern uns Ihre Leute, den Raum zu verlassen, Sir?"

„Sie können raus, Captain", antwortete Hammond. „Sobald wir sicher sind, daß Sie nichts mitgebracht haben, was nicht hierher gehört."

Jenkins drehte sich herum und warf einen stirnrunzelnden Blick auf die verkohlten Überreste der Insekten, die ihnen durch das SternenTor gefolgt waren. Aber er protestierte nicht mehr. Vermutlich erinnerte er sich ebenso deutlich wie Hammond an das, was Fraiser über die außerirdischen Insekten gesagt hatte. Selbst die lautstärker gewordene Diskussion zwischen Fraiser und den Wissenschaftlern brach urplötzlich ab. Jeder von ihnen wollte hier raus, so schnell wie möglich. Aber jedem einzelnen von ihnen waren auch die Konsequenzen klar, sollte auch nur ein einziges dieser Insektenbiester lebendig aus diesem Raum herauskommen.

Alle – bis auf einen, hieß das.

Anderson hatte bis jetzt reglos dagestanden und das SternenTor angestarrt. Offensichtlich war er von den Ereignissen noch derart schockiert, daß er bisher nicht einmal auf die Idee gekommen war, seinen Helm wieder zurückzuklappen. Jetzt aber drehte er sich schwerfällig herum und begann mit langsamen, irgendwie... *falsch* anmutenden Schritten auf den Ausgang zuzugehen.

„Anderson?" fragte Jenkins.

„Haben Sie nicht gehört? Niemand verläßt diesen Raum!“

Anderson ging ungerührt weiter. Das hieß... gehen war eigentlich nicht das richtige Wort. Er humpelte und wankte auf eine sonderbare, kaum in Worte zu fassende Weise; als hätte er irgendwie die Kotrolle über seinen Körper verloren und enorme Schwierigkeiten, die Bewegungen seiner Glieder zu koordinieren.

„Lieutenant Anderson!“ sagte Jenkins noch einmal scharf. „Bleiben Sie stehen!“

Anderson torkelte ungerührt weiter, und Jenkins sagte: „Aufhalten!“

Einer der Seals trat auf seinen Kameraden zu und versuchte ihn festzuhalten, und Anderson versetzte ihm einen fast grotesk anmutenden, schleichenden Hieb, der ihn von den Füßen hob und gut anderthalb Meter weit durch die Luft schleuderte.

Zwei Männer stürzten sich auf Anderson. Der Seal schlug auch sie zu Boden, und Jenkins befahl: „Feuer!“

Ein einzelner Schuß krachte. O'Neill konnte genau sehen, wie die Kugel Andersons linken Oberschenkel durchschlug. Aus der Wunde quoll weder Blut, noch schien er sie überhaupt zu bemerken. Im Gegenteil: Er begann zu rennen und humpelte, taumelte und hoppelte mit erstaunlicher Schnelligkeit auf den Ausgang zu.

Ein zweiter Schuß traf seine Schulter, dann zerschmetterte eine Kugel sein rechtes Knie. Anderson wurde noch schneller, und einer der Soldaten hob sein Gewehr und schoß aus nächster Nähe in sein Gesicht. Die Kugel zerschmetterte die Sichtscheibe und riß Anderson den Helm samt Kopf von den Schultern. Der kopflose Torso rannte ungerührt weiter.

Die Seals begannen fast geschlossen zu feuern. Andersons Körper wurde von Dutzenden von Geschossen getroffen und haltlos herumgeschleudert. Eines seiner Beine riß ab, und er fiel, aber O'Neill sah kaum hin. Er starrte aus hervorquellenden Augen auf Andersons Helm, der zu Boden gefallen und ein paar Meter weit davongekollert war.

In der zerschmetterten Sichtscheibe erschien ein Paar zitternder, schwarz glänzender Fühler.

O'Neill stieß angeekelt die Luft zwischen den Zähnen aus und wollte sein Gewehr heben, aber Teal'c kam ihm zuvor, schwenkte seine Lanze herum und gab einen Feuerstoß ab, der den Helm samt seines schrecklichen Inhalts zu schwarzer Schlacke verbrannte.

Anderson – das, was sie für Anderson *gehalten* hatten – war mittlerweile vollends zu Boden gestürzt. Sein Raumanzug hing in Fetzen, und aus den zerrissenen Armen und Beinen quollen schwarze, chitingepanzerte Insekten.

Die Männer erschossen sie gnadenlos, und nachdem sich nichts mehr rührte, ging Teal'c hin und verbrannte die Kadaver mit seiner Strahlenwaffe. Niemand versuchte, ihn daran zu hindern.

SELBSTMORDKOMMANDO SX-226-A

1

Das nächste Briefing fand am darauffolgenden Morgen statt. Von den Wissenschaftlern, die mit an Bord der Hope gewesen waren, war nur Swanson anwesend, die offensichtlich zur Wortführerin der kleinen Gruppe gewählt worden war, außerdem Fraiser, Jenkins und das komplette Team von SG-1.

O'Neill fühlte sich wie zerschlagen. Entgegen seinen eigenen Erwartungen hatte er lange und sehr tief geschlafen, und er war auch von keinerlei Alpträumen geplagt worden. Trotzdem war er vollkommen erschöpft wieder aufgewacht und fühlte sich wie gerädert. Und er schien nicht der einzige zu sein, dem es so erging. Mit Ausnahme Hammonds sahen alle erschöpft und vollkommen übermüdet aus.

Alle, die an Bord des Schiffes gewesen waren...

Unsinn. O'Neill verjagte den Gedanken. Was sie erlebt hatten, war schlimm genug, auch ohne daß er anfing, noch mehr hineinzugeheimnissen.

„Sind Sie nicht auch der Meinung, Colonel O'Neill?“ fragte Hammond in diesem Moment.

„Selbstverständlich, Sir.“ Jack blinzelte. „Äh... wie war doch gleich noch Ihre Frage?“

Fraiser, die ihm direkt gegenübersaß, hatte Mühe, ein Lachen zu unterdrücken, aber in Hammonds Augen blitzte es fast wütend auf.

„Fühlen Sie sich nicht wohl, Colonel?“ fragte er. „Wenn dem so ist, dann begeben Sie sich bitte auf die Krankenstation. Wenn nicht...“

„Das wird wohl kaum nötig sein“, mischte sich Fraiser ein. Hammond sah sie fragend an, und sie fuhr fort: „Es ist das Schiff, Sir. Was genau passiert ist, kann ich nicht sagen, aber vereinfacht ausgedrückt: Es zehrt an unserer Lebenskraft.“

„Quatsch“, sagte Jenkins.

Fraiser schenkte ihm ein zuckersüßes Lächeln. „Ganz wie Sie meinen, Captain.“

„Bitte.“ Hammonds Seufzen klang fast resignierend. „Wir sind hier, um eine Entscheidung zu treffen, nicht um diesen kindischen Streit fortzusetzen.“ Er funkelte Jenkins an.

„Was gibt es da zu entschieden?“ fragte Jenkins. „Wir werden...“

„... die Koordinaten dieses Schiffes nicht nur aus dem Computer löschen, sondern sie *sperren*", fiel ihm Daniel ins Wort. „Das ist ein ganz simples Programm."

Jenkins machte sich nicht einmal die Mühe zu antworten, aber in seinen Augen erschien plötzlich eine Mischung aus Verachtung und Spott, die Jack wütend machte.

„Doktor Jackson hat recht", sagte Fraiser. „Ich halte es für viel zu gefährlich, mit diesem Schiff herumzuspielen."

„Mit Verlaub, Doktor", sagte Jenkins, „aber ich glaube nicht, daß Sie das beurteilen können. Um mit Gefahren fertig zu werden, sind wir da."

„Das haben wir gesehen", sagte Fraiser spöttisch.

Jenkins Gesicht verfinsterte sich. „Sie meinen Anderson", vermutete er. „Wer zum Teufel hätte mit so etwas rechnen können?"

„Aber das ist es doch gerade!" mischte sich Jack ein. „Verstehen Sie nicht, was dieser Zwischenfall bedeutet? Wir sind bisher davon ausgegangen, daß diese Insekten nicht mehr als Tiere sind."

„Sind sie das etwa nicht?"

„Wie lange war Anderson weg?" fragte O'Neill. „Fünf Minuten?"

„Allerhöchstens", sagte Sam.

O'Neill nickte. „In diesen fünf Minuten haben Ihre *Tiere* Anderson überwältigt, seinen Anzug geöffnet und ihn herausgeholt", sagte er. „Dann haben zwei Dutzend von ihnen seinen Platz eingenommen, und ein paar Hundert von ihnen haben einen Ablenkungsangriff gestartet, der keinen anderem Zweck diente, als das, was wir für Anderson gehalten haben, durch das SternenTor gehen zu lassen. Um ein Haar hätte es sogar geklappt."

„Wozu?"

„Um sich fortzupflanzen", sagte Fraiser. „Wenn diese Biester entkommen wären..."

2

„So etwas tun keine Tiere“, sagte Jack grimmig. „Selbst Sie sollten einsehen, daß hinter diesem Vorgang eine leitende Intelligenz steckt. Eine ziemlich *verschlagene* Intelligenz.“

„Und dazu kommt noch etwas“, sagte Fraiser. „Colonel O'Neill, Captain Carter und ich haben an Bord des Schiffes eine Art Brutkammer entdeckt. Offensichtlich entstehen diese Insekten dort. Und sie beginnen sich zu verändern.“

„Verändern?“ Hammond runzelte die Stirn. „Was soll das heißen?“

„Ich hatte das Gefühl, sie werden... menschlicher.“

„Das ist doch lächerlich“, sagte Jenkins.

„Sie passen sich an“, bestätigte Fraiser, dann wandte sie sich an Swanson. „Doktor Swanson, erinnern Sie sich, als wir zusammen in der Kommandozentrale waren? Sie wollten etwas über die Instrumente sagen.“

Swanson nickte. Sie wirkte nervös. „Vielleicht...“, sagte sie zögernd. „Es war, als wären sie...“

„Menschlicher?“ Fraiser nickte. „Das Schiff paßt sich an. Und seine Besatzung auch.“

„Besatzung?“ Jenkins lachte schrill. „Diese... *Viecher?*“

„Es sind keine Tiere“, beharrte Fraiser. „Jedenfalls nicht mehr lange. Sie haben uns analysiert, und jetzt beginnen sie sich uns anzupassen.“

„Aber wozu?“ fragte Hammond.

„Um uns besser bekämpfen zu können“, sagte Jack. „Es sollte mich nicht wundern, wenn wir es in ein paar Tagen mit Geschöpfen zu tun haben, die wie Menschen aussehen.“ „Wir *brauchen* dieses Schiff“, sagte Jenkins.

„Dieses Schiff ist unser Untergang“, sagte Fraiser. „Captain, wir haben nicht einmal eine *Vorstellung,* wie seine Technik funktioniert. Und wir sind ihr auf gar keinen Fall gewachsen.“

„Die Goa’uld waren es auch.“

„Nein“, sagte Jack. „Das waren sie nicht. Teal’c?“

„Die Attok´k hätten die Goa’uld fast geschlagen“, sagte der Jaffa. „Die alten Legenden erzählen, daß der Krieg mehr als tausend Jahre getobt hat. Am Ende standen die Goa’uld vor der totalen Auslöschung. Es war eine Waffe der Attok´k selbst, die ihnen den Untergang brachte. Sie wurden dem, was sie erschufen, nicht mehr Herr.“

„Die Geister, die ich rief“, sagte Jenkins abfällig. „Dieses Märchen gibt es bei uns auch. Der Zauberlehrling, wenn ich mich nicht irre.“

Fraiser wollte auffahren, aber Jack brachte sie mit einer Handbewegung zum Verstummen. „Die ganze Diskussion ist sowieso müßig“, sagte er. „Wir können nicht noch einmal auf die Hope. Oder haben Sie vergessen, was gestern passiert ist? Es ist eine Frage der Statistik, wann es den Goa’uld gelingt, das SternenTor erneut anzupeilen. Und das nächste Mal werden sie *vorbereitet* sein.“

Jenkins wandte sich direkt an Fraiser. „Um ganz ehrlich zu sein: Hundertprozentig verstanden habe ich die Funktionsweise dieses SternenTors nicht.“

Fraiser lächelte.

„Da befinden Sie sich in guter Gesellschaft. Niemand hier versteht es wirklich. Es hat etwas mit fünfdimensionaler Mathematik zu tun. Quantenphysik.“

„Quantenphysik?“ Jenkins grinste. „Klingt, als hätte es etwas mit Schuhen zu tun.“ Er wurde übergangslos wieder ernst. „Wenn ich die Sache richtig verstanden habe, dann stellen diese Wurmlöcher eine Verbindung zwischen zwei bestimmten Punkten im Weltraum dar. Das SternenTor – der Ring – ist sozusagen nur der Brennpunkt. Die Eingangstür.“

„Ich weiß, worauf Sie hinaus wollen“, sagte Fraiser. „Sie können das SternenTor auf der Hope nicht einfach abschalten.“

„Wir können es blockieren“, antwortete Jenkins mit einer Geste auf Sam. „Captain Carter hat uns eindrucksvoll bewiesen, daß es möglich ist.“

„Und wenn es so wäre.“ O'Neill schüttelte entschieden den Kopf. „Die Goa'uld haben Raumschiffe. Was wollen Sie tun, wenn plötzlich ein Schlachtschiff der Goa'uld längsseits geht und ein paar hundert Jaffa die Hope entern?“

„Das weiß ich nicht“, gestand Jenkins. „Ich weiß nur, daß wir diese Technologie brauchen. Und selbst wenn wir nichts damit anfangen können, dann müssen wir auf jeden Fall verhindern, daß sie den Goa'uld in die Hände fällt.“

„Sie haben sie doch längst“, sagte Jack.

„Die Position des Schiffes ist zumindest Horus bekannt. Wenn sie etwas damit anfangen könnten, hätten sie es längst getan.“

„Und warum haben sie das Schiff dann nicht längst zerstört, wenn es so gefährlich ist?“ fragte Jenkins.

„Vielleicht können sie es nicht“, antwortete Fraiser. „Sie haben wie wir alle gesehen, daß sich dieses Schiff regeneriert, wenn es beschädigt wird. Vielleicht... kann man es nicht zerstören. Vielleicht wagen sie es auch einfach nicht.“

„Immerhin haben sie ein SternenTor aufs Schiff gebracht, damit sie hier jederzeit eingreifen können“, sagte Daniel. Er wandte sich an Hammond. „Das erklärt auch, warum ich nicht auch nur die kleinste Information über dieses SternenTor gefunden habe. Die Goa'uld müssen es irgendwo anders abgebaut und mit einem Raumschiff zur Hope transportiert haben. Und sie haben ganz bewußt keine Bedienungselemente angebracht, damit nichts und niemand das SternenTor von Bord aus einschalten kann.“

„Wozu?“ fragte Jenkins.

„Um das Schiff unter Kontrolle zu haben", antwortete Jack. „Horus weiß genau, wie gefährlich SX-226-A ist! Doktor Fraiser – die Bombe, die Hacon't bei sich hatte... hatte sie einen Zeitzünder?"

Fraiser schüttelte den Kopf, und Jack fuhr in fast triumphierendem Ton fort: „Sehen Sie?"

„Sehen Sie... was?" fragte Jenkins.

„Es war ein Selbstmordkommando, Captain", sagte Carter. „Und die Goa'uld sind alles, nur keine Selbstmörder. Wenn sie ihre Leute trotzdem auf eine Kamikaze-Mission schicken, dann müssen sie einen verdammt guten Grund haben. Vermutlich haben wir irgendeine Art von Alarm ausgelöst, als wir das SternenTor der Hope geöffnet haben."

„Und was genau wollen Sie damit sagen?" fragte Jenkins finster.

„Daß wir das SternenTor der Hope schließen", sagte Hammond.

„Aber..."

„Meine Entscheidung steht fest, Captain", fuhr Hammond fort, ruhig, aber in einem Ton, der keine weitere Diskussion zuließ. „Ich *kann* das Risiko nicht eingehen. Wir können uns nicht einbilden, mit einem Feind fertig zu werden, der selbst die Goa'uld fast in die Knie gezwungen hätte. Wir werden nicht auf die Hope zurückkehren."

„Das können Sie gar nicht entscheiden!" begehrte Jenkins auf, aber Hammond schüttelte nur ruhig den Kopf.

„Ich kann, und ich habe es bereits getan. Wenn Sie meine Autorität in diesem Punkt anzweifeln – Sie können gerne mein Telefon benutzen."

„Das werde ich", grollte Jenkins. Er stand auf und salutierte knapp. „Wenn Sie mich nicht mehr brauchen, Sir."

Hammond verdrehte die Augen. „Wegtreten."

Jenkins drehte sich mit einer solchen Präzision auf dem Absatz herum, daß die Bewegung fast zu ihrer eigenen Persiflage geriet, und verließ den Raum. Hammond sah ihm kopfschüttelnd nach.

„Das gefällt mir nicht", sagte Jack. Es war zu leicht gewesen. Jenkins war kein Mann, der aufgab; und schon gar nicht so schnell. „Soll ich ihn im Auge behalten?"

„Das wird nicht nötig sein, Colonel", antwortete Hammond. „Captain Jenkins und seine Männer verlassen die Station noch im Laufe des Tages. Und damit wäre dieses Kapitel hoffentlich ein für allemal abgeschlossen. Außerdem haben wir ein... anderes Problem."

Er sprach nicht weiter sondern sah mit besorgtem Gesicht schräg über den Tisch zu Swanson hin. Es dauerte eine Weile, bis sie überhaupt begriff.

„Oh", sagte sie mit einem leisen, nervösen Lächeln. „Ich verstehe. Geheimhaltung und so."

„Ich fürchte", bestätigte Hammond.

„Ja, dann..." Swanson stand umständlich auf. „ ... werde ich besser auch gehen. Ich habe noch eine Menge zu tun."

Sie warteten, bis auch die Physikerin gegangen war, dann fragte Carter: „Von welchem Problem haben Sie gesprochen, Sir?"

„Hacon't", antwortete Hammond. „Wir haben diesen Jaffa am Hals. Wie geht es ihm überhaupt, Doktor?"

Fraiser hob die Schultern. „Seine Wunden heilen gut, wenn Sie das meinen. Ansonsten ist er etwas anders als die mir bekannten Jaffa." Sie sah Teal'c entschuldigend an. „Er quasselt ununterbrochen."

„Das ändert nichts an der Frage: Was tun wir mit ihm", sagte Hammond.

„Wir müssen ihn töten", sagte Teal'c.

„Kaum." Hammond schenkte dem Jaffa einen vorwurfsvollen Blick. „Wir töten keine Kriegsgefangenen,

Teal'c. Ich dachte, daß Sie das mittlerweile begriffen hätten."

„Hacon't ist kein normaler Kriegsgefangener", erwiderte Teal'c. „Er ist Jaffa, wie ich. Er wird niemals aufgeben. So lange er lebt, stellt er eine Gefahr dar."

„Dann müssen wir eben besonders gut auf ihn acht geben", sagte Hammond. „Ihn zu töten, stellt keine akzeptable Alternative dar."

„Er ist Goa'uld", sagte Teal'c.

„Auch das ist mir bekannt", antwortete Hammond, nun schon in etwas schärferem, aber auch ungeduldigerem Ton. „Ich kann Ihre Gefühle durchaus verstehen, Teal'c. Aber vielleicht ist das der große Unterschied zwischen den Goa'uld und uns. Wir töten keine wehrlosen Gefangenen."

„So wenig wie du, Teal'c", sagte Jack. „Muß ich dich wirklich daran erinnern, wie du zu uns gekommen bist? Du hast dich von den Goa'uld losgesagt, weil sie genau das von dir verlangt haben: Wehrlose Gefangene zu töten."

„Das war ein Unterschied", behauptete Teal'c. „Sie waren unschuldig. Er ist Goa'uld. Er muß sterben."

Hammond beendete die Diskussion mit einer entsprechenden Handbewegung. „Colonel O'Neill, Sie werden mit dem Jaffa reden. Vielleicht gelingt es Ihnen ja, etwas von ihm zu erfahren." Er stand auf. „Ich erwarte Ihren Bericht in zwei Stunden."

EIN UNMORALISCHES ANGEBOT

1

Der Jaffa saß aufrecht und in stocksteifer Haltung in etwas, das weit mehr Ähnlichkeit mit dem elektrischen Stuhl oder der High-Tech-Version eines mittelalterlichen

Folterinstruments hatte als mit einem normalen Sitzmöbel. Wahrscheinlich war es das auch, dachte O'Neill; zumindest unter anderem. Seine Arme und Beine waren mit breiten Metallbändern festgebunden, und ein etwas schmalerer Reif, von dem zahlreiche Leitungen und Kabel ausgingen, lag um seinen kahlgeschorenen Schädel. Sein Oberkörper war nackt, so daß man die kreuzförmige Narbe auf seinem Bauch erkennen konnte, wo sich der Goa'uld eingenistet hatte.

Obwohl Fraiser ihn vorgewarnt hatte, war O'Neill sehr erstaunt, als er die Handgelenke des Jaffa sah. Wo noch gestern tiefe, bis auf die Knochen reichende Wunden gewesen waren, da entdeckte er jetzt nunmehr zwei dünne rote Linien. Und auch die würden wahrscheinlich in ein paar Stunden verschwunden sein.

Hacon't war seinem Blick gefolgt und lächelte dünn. „Der Goa'uld sorgt für seinen Wirt, Colonel O'Neill. Auch Ihnen könnte dieses Geschenk zuteil werden. Würde Sie das nicht reizen? Nie mehr krank zu sein? Verletzungen und Wunden nicht mehr fürchten zu müssen? So viel länger zu leben als die lächerlichen sechzig oder achtzig Jahre, die euer Volk sonst zu erwarten hat?"

O'Neill lehnte sich mit verschränkten Armen gegen einen Tisch. „Und ich wollte das Gespräch eigentlich mit der Frage beginnen, mit wem ich gerade rede – dem Jaffa oder seinem Parasiten. Aber ich glaube, das ist nicht mehr nötig."

„Wie ich schon einmal sagte, Colonel O'Neill – der Unterschied ist nicht so groß, wie Sie glauben."

Jack starrte den Jaffa einen Moment lang aus zusammengekniffenen Augen an. Das geschliffene Amerikanisch des Außerirdischen, seine Redegewandtheit ließen ihn ihm tausende Alarmsirenen schrillen. Hacon't führte irgend etwas im Schilde, und doch war es vielleicht die beste

Taktik, sein Spiel mitzuspielen, um das Verhör im Zweifelsfall in eine verschärftere Richtung zu lenken. „Oh, ich denke doch", sagte er schließlich. „Ich möchte gerne wissen, ob ich mit einem denkenden Wesen rede, das Herr über seinen eigenen Willen und seine Entscheidungen ist, oder mit einem Parasiten, der sich in ihm eingenistet hat und seinen Willen unterjocht."

„Sie hassen uns wirklich sehr", sagte Hacon't.

„Wundert Sie das?"

„Ich bedauere es", antwortete Hacon't, und es hörte sich fast überzeugend an. „Ihre Gefühle sind verständlich, nach allem, was Sie erlebt haben. Aber glauben Sie mir: Nicht alle Goa'uld sind so wie Ra, Hathor und Seth."

„Oh ja", sagte Jack spöttisch. „Gleich werden Sie mir erzählen, daß Horus unser Freund ist und Sie hierher geschickt wurden, um diplomatische Beziehungen zur Erde zu knüpfen."

Hacon't lachte. „Das Haus Horus ist kein kriegerisches Haus", sagte er. „Wir sind Bewahrer, keine Eroberer. Aber Sie sind doch nicht gekommen, um mit mir über Politik zu diskutieren, oder?"

„Nein", sagte O'Neill. „Ich bin hier, weil wir ein Problem, haben, Hacon't. *Sie.* Wir können Sie nicht hier behalten. Aber wir können Sie auch nicht gehen lassen."

„Ja", sagte Hacon't lächelnd. „Das sehe ich ein. Ich fürchte, Ihnen bleibt nur eine Wahl. Sie müssen mich töten."

„Denselben Vorschlag hat Teal'c auch schon gemacht", sagte Jack. „Doch diese Alternative steht uns im Moment nicht offen."

„Sie halten versklavt werden für besser?"

O'Neill schüttelte heftig den Kopf. „Wir Menschen leben nach gewissen Prinzipien, Hacon't, und Mord und Sklaverei passen nicht in unser Konzept. Unsere Prinzipien zu brechen hieße, alles zu verraten, wofür wir jahrhundertelang gekämpft haben."

Hacon't maß ihn eine Sekunde lang aus seinen unheimlichen, durchdringenden Augen. Dann schüttelte er den Kopf. „Ihr seid eine erstaunliche Spezies. Wie kann ein Volk gleichzeitig Männer wie Sie und Jenkins hervorbringen?"

„Captain Jenkins ist..."

„... ein verdammter Narr", fiel ihm Hacon't ins Wort. „Ein Dummkopf, der mit dem Feuer spielt und es nicht einmal dann merkt, wenn er sich die Finger verbrennt!"

„Wenn Sie damit auf das Attok'k-Schiff anspielen, kann ich Sie beruhigen", sagte Jack. „Wir werden nicht wieder dorthin zurückkehren."

Erneut sah ihn der Jaffa lange und durchdringend an. „Das ist... Ihr ernst?" fragte er.

„Mein völliger ernst", erwiderte Jack. „Was wir dort gesehen haben, ist verlockend. Aber es ist viel zu gefährlich. Wir maßen uns nicht an, einem Feind die Stirn zu bieten, den nicht einmal *Sie* besiegen konnten."

„Ihr Kamerad Jenkins war da anderer Meinung."

„Jenkins ist ein guter Soldat", antwortete Jack. „Aber er hat gottlob nicht viel zu sagen. Die Männer, die das Kommando hier haben, sind vernünftiger. Sie halten nichts davon, den Teufel mit dem Beelzebub auszutreiben."

Hacon't sah ihn verständnislos an. „Ich weiß nicht, was diese Worte bedeuten", sagte er nach einer Weile. „Aber möglicherweise ist Ihr Volk klüger, als wir bisher angenommen haben." Er versuchte die Arme zu bewegen und seufzte. „Wo wir schon einmal dabei sind: Könnten Sie mich nicht aus diesem Folterinstrument befreien? Es ist unbequem. Und entwürdigend." Nach einer Sekunde und in leicht verlegenem Ton fügte er hinzu: „Auch ich habe gewisse körperliche Bedürfnisse. Und ich sitze schon die ganze Nacht in diesem Stuhl."

„Ich verstehe", sagte Jack. „Ich kann Sie nicht freilassen, wie Sie sicher einsehen, aber ich werde veranlassen, daß man Sie die Toilette benutzen läßt." Er sah etwas wie ein flüchtiges triumphierenden Aufblitzen in Hacon'ts Augen und fügte hinzu: „Teal'c wird Sie begleiten."

„Teal'c, der Verräter?"

„Und zugleich der einzige hier, dem Sie nicht ohne weiteres Ihren Willen aufzwingen können", sagte Jack. „Sie haben die Wahl. Entweder Teal'c – oder Sie bleiben, wo Sie sind."

„Sie sind kein harter Mann, Colonel O'Neill", sagte Hacon't düster. „Also gut, rufen Sie ihn. Und anschließend habe ich Ihnen und Doktor Jackson einen Vorschlag zu machen, wie wir diese mißliche Situation vielleicht zu unser aller Zufriedenheit lösen können."

2

Jack fuhr mit dem Aufzug nach oben und fand Daniel und den Jaffa inmitten einer aufgebrachten Menge, die die Tür zur Kantine belagerte. Grund der Aufregung waren zwei Navy-Seals, die breitbeinig und mit vorgehaltenen Gewehren vor der Tür standen und den Zutritt verwehrten.

„Was ist hier los?" fragte Jack scharf.

Daniel deutete aufgebracht auf die beiden Seals. „Diese Kerle lassen niemanden in die Kantine!" beschwerte er sich. „Sie faseln irgend etwas von einer Versammlung oder Konferenz. Was weiß ich!"

Jack wandte sich an einen der Seals. „Ich möchte Captain Jenkins sprechen."

„Es tut mir leid, Sir, aber das ist im Moment leider nicht möglich."

„Was soll das heißen, nicht möglich? Ich möchte sofort..."

Die Tür ging auf, und Jenkins trat heraus. Jack glaubte keinen Sekundenbruchteil daran, daß es sich dabei um Zufall handelte. Er versuchte, einen Blick durch die Tür zu erhaschen, aber Jenkins zog sie zu schnell hinter sich wieder zu, und auch das war bestimmt kein Zufall.

„Colonel, was kann ich für Sie tun?“

„Ich schätze, das wissen Sie genau“, antwortete Jack. „Was soll das? Wieso dürfen die Leute hier nicht in ihre eigene Kantine?“

„Es ist nur eine vorübergehende Unbequemlichkeit“, sagte Jenkins lächelnd. „Ich entschuldige mich dafür, aber es geht im Moment nun einmal nicht anders. Wir brauchen den Raum.“ „Wofür?“

Jenkins faßte sich mit sichtlicher Mühe in Geduld. „Für eine abschließende Besprechung“, antwortete er. „Ich habe zweiunddreißig Mann dort drinnen. Und die Kantine ist nun einmal der einzige Raum hier, der groß genug ist. Es ist ja nicht für lange. In zwei Stunden sind wir hier weg, und Sie sehen uns nie wieder.“

„Ich könnte nicht direkt behaupten, daß mir diese Aussicht das Herz bricht“, knurrte O'Neill. „Also gut. Beenden Sie Ihre... Einsatzbesprechung. Und dann verschwinden Sie von hier.“

3

Gute zehn Minuten schnallten zwei Soldaten Hacon't unter Teal'cs mißtrauischen Blicken wieder auf seinem Stuhl fest. Sie hielten die Blicke abgewandt, wie Jack es ihnen befohlen hatte, und obwohl sie sich alle Mühe gaben, möglichst gelassen zu erscheinen, gelang es ihnen doch nicht ganz, ihre Nervosität zu unterdrücken. Jeder hier in der Basis wußte, wie gefährlich die Jaffa waren, auch mit gefesselten Händen.

„Ich danke Ihnen, Colonel O'Neill", sagte Hacon't, nachdem sie wieder allein waren. „Es zeichnet einen wahren Krieger aus, daß er seinem Gefangenen die Würde läßt."

„Ich bin kein Krieger", antwortete O'Neill. Er machte eine Kopfbewegung auf Teal'c, der mit steinernem Gesicht auf Hacon't hinabsah. „Er ist ein Krieger. Und ich muß Ihnen nicht sagen, was er am liebsten mit Ihnen täte, oder?"

Hacon't schürzte abfällig die Lippen. „Bitte, Colonel O'Neill. Ich dachte, das hätten wir hinter uns. Was wollen Sie – mich töten, oder sich mein Angebot anhören?"

„Vielleicht weder das eine noch das andere", erwiderte Daniel. „Wir könnten Sie unseren Kollegen vom Geheimdienst übergeben. Ich fürchte nur, daß sie nicht ganz so zart besaitet sind wie wir. Es wird eine Weile dauern, aber irgendwann werden Sie ihnen alles erzählen, was sie wissen wollen."

„Zweifellos", sagte Hacon't amüsiert. „Aber ob es auch die Wahrheit ist...?"

Teal'c machte einen halben Schritt auf Hacon't zu und blieb wieder stehen, als Jack die Hand hob.

„Sie haben etwas von einem Angebot gesagt", sagte Jack. „Was verlangen Sie, und was haben Sie als Gegenleistung zu bieten?"

„Sie können keine Geschäfte mit einem Goa'uld machen, Sir", sagte Teal'c.

„Nun?" fragte Jack.

„Was ich verlange wissen Sie, Colonel", antwortete Hacon't. „Die Freiheit."

Daniel lachte schrill. „Lächerlich."

„Was haben Sie zu verlieren?" fragte Hacon't. „Ich habe nichts erfahren, was wir nicht ohnehin schon wußten. Ich kenne weder die Position der Erde, noch ihre militärische Stärke. Alles, was ich von dieser Station gesehen habe, ist dieser Raum hier. Bringen Sie mich zu irgendeiner Welt mit einem SternenTor. Von dort aus kann ich nach Hause gelangen. Sie gehen kein Risiko ein."

„Selbst wenn es so wäre – was hätten Sie als Gegenleistung zu bieten?" fragte Jack.

„Ihre ewige Dankbarkeit?"

„*Skaara*", antwortete Hacon't. „Und *Sha'uri.*"

Als Daniel den Namen seiner Frau hörte, fuhr wie unter einem elektrischen Schlag zusammen, und Jack starrte mit fast grenzenlosem Entsetzen in die kalt leuchtenden Augen des Alien.

„Was... meinen Sie damit?" fragte er atemlos.

Hacon'ts Blick wanderte zwischen seinem und Daniels Gesichtern hin und her. „Ich denke, das wissen Sie sehr genau, Colonel O'Neill. Ich biete Ihnen ein Geschäft an: Einen wertlosen Gefangenen, von dem Sie nichts erfahren werden und der immer eine potentielle Gefahr darstellen wird, gegen Informationen, die Ihren Ziehsohn und Doktor Jacksons Ehefrau betreffen."

„Was für Informationen?" schnappte Daniel.

Jack hob hastig die Hand. „Nicht so schnell, Daniel", sagte er und versuchte sich zur Ruhe zu zwingen, während sein laut pochendes Herz eine andere Sprache sprach. „Genau das will er ja nur... habe ich recht, Hacon't?"

Der Jaffa lächelte nur, und Jack fuhr nach einer Weile fort: „Sie wissen, wo sie sich aufhalten?"

„Um das herauszufinden, bräuchten Sie mich nicht, denn Sie wissen es längst", antwortete Hacon't. „Aber ich kann Ihnen sagen, wie Sie sie zurückbekommen können."

„Wie?" fragte Daniel. Hacon't lächelte nur.

„Ein Goa'uld, der seine Brüder und Schwestern verrät, Hacon't?" fragte Jack lauernd, während er nicht verhindern konnte, daß sich Schweißperlen auf seiner Stirn bildeten und sein rechtes Auge zu zucken anfing. „Es fällt mir schwer, das zu glauben."

„Das kann ich verstehen, Colonel O'Neill. Aber auch ich will leben. Und es ist kein Verrat, wenn ich mit etwas bezahle, was Sie längst besitzen. Sie wissen es nur nicht."

„Was soll das heißen?"

Hacon't lächelte spöttisch. „Ich bitte Sie, Colonel O'Neill."

„Laß mich fünf Minuten mit ihm allein, Jack", sagte Daniel mit zitternder Stimme. „Danach wird er reden, das schwöre ich."

Der Jaffa seufzte. „Doktor Jackson ist wirklich ein sehr zorniger junger Mann", sagte er. „Ich bedauere es fast, daß wir keine Freunde werden können. Zorn ist eine große Kraft. Man muß sie nur zu nutzen wissen." Er wandte sich wieder an O'Neill. „Nun, Colonel – sind Sie an meinem Vorschlag interessiert?"

„Ich... kann diesen Vorschlag nur weitergeben", sagte Jack langsam und fast wie in Trance, während sich in seinem Kopf die Gedanken überschlugen. Skaara... Einer der Gründe – wenn nicht überhaupt *der* Grund, aus dem er dem SternenTor-Projekt beigetreten war, war Skaara, der Junge von Abydos, der ihn so sehr an seinen eigenen Sohn erinnerte. Er hatte ihn geliebt wie das Kind, das durch einen grausigen Unfall umgekommen war. Es durfte nicht sein, daß er noch einmal einem ihm so nahe stehenden Menschen durch eigene Schuld verlor. Er mußte alles tun, um das zu verhindern. Aber andererseits durfte er sich durch nichts und niemanden erpressen lassen.

„Dann sollten Sie jemanden fragen, der es entscheiden kann", sagte Hacon't. „Ich mache Ihnen nichts vor. Mit den Informationen, die ich Ihnen zu bieten habe, ist es Ihnen vielleicht möglich, Sha'uri und Ihren Ziehsohn in Ihre Gewalt zu bringen."

„Zusammen mit den Goa'uld in ihnen", sagte Teal'c.

„Ja", sagte Hacon't.

„Sie sehen: Ich spiele mit offenen Karten, wie man bei Ihnen zu sagen pflegt... Nun?“

„Ich kann den Vorschlag nur weitergeben“, sagte Jack noch einmal. „Ich muß mit Hammond reden.“

„Tun Sie das, Colonel“, antwortete der Jaffa.

4

„Nein!“ Hammond schlug mit der flachen Hand auf die Schreibtischplatte, um seiner Entscheidung noch mehr Nachdruck zu verleihen, obwohl das weiß Gott nicht mehr nötig gewesen wäre. Jack konnte sich nicht erinnern, General Hammond jemals schreien gehört zu haben. Er hatte nicht einmal gewußt, daß er es überhaupt *konnte.* Vor einer knappen Minute hatte er ihnen allen das Gegenteil bewiesen.

„Sir“, sagte er vorsichtig. „Vielleicht sollten wir...“

„Was?“ unterbrach ihn Hammond scharf. „Uns auf das Ehrenwort eines Goa’uld verlassen? Das ist doch absolut lächerlich, Colonel!“

„Zumindest in einem Punkt hat er recht, Sir“, sagte Daniel nervös. „Wir haben nichts zu verlieren. Ich meine: Er... er weiß nichts über uns. Er war bewußtlos, als er hergebracht wurde. Er hat nichts gesehen. Nur das Labor!“

„Das sagen Sie, Doktor“, sagte Hammond. „Was, wenn er nur den Bewußtlosen gespielt hat? Was, wenn er wichtige Informationen mit nach Hause nimmt?“

„Zum Beispiel?“ fragte Daniel. „Woher zum Teufel soll ich das wissen?“ schnauzte Hammond. Er funkelte Daniel noch einen Moment lang wütend an, dann schloß er die Augen und legte beide Hände flach nebeneinander auf den Tisch. Jack konnte regelrecht sehen, wie er in Gedanken bis fünf zählte. Als er die Augen wieder öffnete, war das zornige Glitzern darin verschwunden.

„Bitte, Doktor Jackson“, fuhr er fort, nun wieder in seinem gewohnten, ruhigen Ton. „Glauben Sie nicht, daß ich Sie nicht verstehe. Ganz im Gegenteil. Aber gerade weil ich Sie verstehe...“

„Bei allem Respekt, Sir“, unterbrach ihn Daniel. „Aber ich glaube nicht, daß Sie mich verstehen können. Vielleicht könnten Sie es, wenn *Ihre* Frau von den Goa'uld entführt worden wäre.“

„Auch ich habe schon einen geliebten Menschen im Krieg verloren“, antwortete Hammond. Er klang nicht verletzt. „Aber Sie haben recht, Doktor. Ich glaube nicht, daß ich wirklich nachempfinden kann, was Sie fühlen – oder Colonel O'Neill. Und das ist auch der Grund, aus dem ich das Kommando hier habe, und nicht Colonel O'Neill oder Sie. Es tut mir leid.“

„Das ist Ihr letztes Wort?“ fragte Daniel. Seine Stimme zitterte vor Erregung.

„Ich fürchte ja.“

Daniel stand auf. „Wenn das so ist“, sagte er, „dann gibt es für mich keinen Grund, noch länger hier zu bleiben.“

Hammond runzelte die Stirn. „Doktor?“

„Sie haben mich schon verstanden“, sagte Daniel. Seine Stimme war halbwegs ruhig, aber Jack spürte, daß er innerlich vor Wut kochte. „Ich bin Mitglied des SG-1 geworden, weil ich geglaubt hatte, daß wir uns gegenseitig helfen könnten! Ich Ihnen beim Kampf gegen die Goa'uld, und Sie mir dabei, Sha'uri wiederzufinden. Jetzt *haben* wir die Chance, meine Frau zu finden, und Sie unternehmen nichts.“

„Daniel, das ist nicht fair“, sagte Jack.

Jackson machte ein abfälliges Geräusch. „Dann passe ich mich ja allmählich an, nicht wahr?“

Er fuhr auf dem Absatz herum und stürmte aus dem Büro, und Jack lernte innerhalb weniger Augenblicke zum zweiten Mal etwas Neues: Nämlich, daß man die schwere Tür zu Hammonds Büro *doch* so zuknallen konnte, daß die Scheiben klirrten. Jack wollte aufstehen und ihm nacheilen, aber Hammond hielt ihn mit einem Kopfschütteln zurück.

„Lassen Sie ihn, Jack“, sagte er. „Er wird sich schon wieder beruhigen.“ Er sah Jack durchdringend an. „Denken Sie auch wie er? Fühlen Sie sich auch von mir verraten?“

„Nein, Sir“, antwortete Jack ehrlich. „Mir ist die Tragweite der Situation durchaus bewußt. Aber ich gestehe, ich bin enttäuscht. Ich hatte gehofft, daß wir wenigstens darüber reden würden.“

„Da gibt es nichts zu reden, Colonel“, antwortete Hammond. „Ich bin der festen Überzeugung, daß...“

Der Rest seiner Worte ging im Wimmern der Alarmsirene unter, die urplötzlich losheulte. Hammond fuhr zusammen, warf einen hastigen Blick auf die Kontrolltafel, die in die Schreibtischplatte vor ihm eingelassen war, und fuhr ein zweites Mal und noch heftiger zusammen.

„Das Labor!“ sagte er.

„Hacon't“, fügte Teal'c hinzu.

Daniel? Jacks Gedanken erstarrten vor Entsetzen. Erst dann begriff er, daß seit Daniels dramatischem Abgang erst wenige Sekunden vergangen waren. Er *konnte* nichts damit zu tun haben.

Sie sprangen auf. Hammond riß seine Pistole aus der Schreibtischschublade und fummelte sie auf dem Weg zur Tür unter seinen Gürtel, und Teal'c riß die Tür auf und stürmte mit gesenkten Schultern voraus. Sie brauchten keine drei Minuten, um das Labor zu erreichen, obwohl es nahezu am anderen Ende der Etage lag.

Das erste, was sie sahen, war ein bewußtloser Soldat, der mit verrenkten Gliedern vor der Tür zum Labor lag. Wenigstens hoffte Jack, daß er nur bewußtlos war. Teal'c setzte mit einem Sprung über den reglosen Körper hinweg und rammte mit der gleichen Bewegung die Tür auf. Jack folgte ihm dichtauf, während Hammond hinter ihm hastig niederkniete und sich um den reglosen Soldaten kümmerte.

Der zweite Mann, der zu Hacon'ts Überwachung abgestellt worden war, lag verkrümmt neben der Tür auf dem Boden und kam in diesem Moment stöhnend zu Bewußtsein. Die linke Hälfte seines Gesichts war gerötet und begann bereits anzuschwellen. Hacon't selbst war verschwunden. Die stählernen Klammern, mit denen er an dem Stuhl gefesselt gewesen war, waren mit brutaler Gewalt aufgebrochen.

„Der Mann lebt noch!" rief Hammond von draußen.

„Der hier auch." Jack ließ sich neben dem stöhnenden Soldaten auf ein Knie herabsinken. „Was ist passiert? Lieutenant!"

Die Augen des Mannes waren immer noch trüb, aber er schien Jacks Worte trotzdem zumindest gehört zu haben. Er versuchte zu antworten, brachte aber auch jetzt nur ein unverständliches Stöhnen zustande.

Hammond kam herein, streifte den leeren Stuhl mit einem flüchtigen Blick und wandte sich an den Soldaten. „Lieutenant! Hier ist General Hammond! Was ist hier passier? Wo ist der Jaffa? Antworten Sie!"

Der befehlende Ton erfüllte seinen Zweck. Die Kraft des Mannes reichte nicht aus, die Augen zu öffnen, oder sich gar hochzustemmen, aber immerhin konnte er eine Antwort murmeln.

„Seals", stammelte er.

„Seals?" Hammonds Augen wurden groß. „Sie reden von... *Jenkins* Männern?"

„Vier", murmelte der Soldat. „Sie waren zu... viert. Wir konnten... nichts tun."

„Schon gut, Lieutenant", sagte Hammond. „Immerhin haben Sie Alarm gegeben. Sie haben Ihre Pflicht getan."

Er sah Jack an. „Jenkins? Aber warum? Das ergibt doch überhaupt keinen Sinn!“

Doch, dachte O'Neill schaudernd. Es ergab Sinn. Aber er kam nicht dazu, das laut auszusprechen, denn in diesem Moment heulte die Alarmsirene, die gerade erst verstummt sein, schon wieder los. Hammond griff in die Tasche, zog ein kleines Gerät hervor und warf einen flüchtigen Blick darauf, und *diesmal* wurde er wirklich blaß.

„Das SternenTor“, murmelte er.

DER TODESSPRUNG

1

Der Bereich vor dem Eingang der Transportkammer glich einer belagerten Festung. Mindesten ein Dutzend Soldaten war in geringem Abstand in Stellung gegangen und visierte die Tür an, und vor dem nur halb geschlossenen Panzerschott lag ein regloser Soldat, unter dessen Körper sich allmählich eine dunkelrote Blutlache bildete. Ein zweiter, ebenfalls verwundeter Soldat lag auf der Treppe, die zum Kontrollraum hinauf führte.

„Bericht!“ bellte Hammond knapp.

„Passen Sie auf, Sir!“ sagte einer der Soldaten. „Sie schießen auf alles, was sich bewegt.“

„Sir? Wer?“

„Diese Seal-Ärsche, Sir“, antwortete der Soldat. „Die Jungs hatten keine Chance. Sie haben ohne Warnung das Feuer eröffnet!“

Hammond schüttelte unentwegt den Kopf, aber die Bewegung wirkte einfach nur hilflos. „Aber das ergibt... überhaupt keinen Sinn!“ murmelte er.

„Ich fürchte, doch", sagte Jack. „Ich verdammter Idiot! Die Kantine ist der einzige Raum, der groß genug ist! Und ich falle auch noch darauf herein."

„Worauf?"

„Es ist der einzige Raum, der nicht abgehört werden kann, verdammt noch mal!" Jack ballte hilflos die Faust. „Sie hatten niemals vor, so einfach aufzugeben! Er will zurück auf die Hope!"

Wie, um seine Worte zu bestätigen, erwachten in diesem Moment die Nuklearreaktoren unter ihren Füßen zum Leben. Hammond wurde noch ein bißchen blasser.

„Dieser Idiot!" flüsterte er. „Dieser gottverdammte, total bescheurte Idiot!" Er überlegte einen Moment, dann bildete er mit den Händen einen Trichter vor dem Mund und rief: „Captain Jenkins! Hier spricht General Hammond! Ich befehle Ihnen, sofort damit aufzuhören!"

Er bekam nicht einmal eine Antwort. Statt dessen konnten sie hören, wie drinnen in der Transportkammer die erste Klammer des SternenTor einrastete. Hammond preßte wütend die Lippen aufeinander.

„Also gut!" rief er. „Dann lassen Sie uns wenigstens die Verwundeten bergen! Die Männer verbluten! Wollen Sie, daß Ihre Kameraden sterben?"

Er bekam immer noch keine Antwort. Hammond wartete gute zehn Sekunden lang, dann trat er zwischen den Soldaten hindurch und näherte sich vorsichtig der Tür. Jack wartete mit angehaltenem Atem darauf, daß etwas geschah, aber Hammond erreichte den Mann unbehelligt. Niemand schoß auf ihn.

„Er lebt noch." Hammond machte eine befehlende Geste. „Zwei Mann hierher", befahl er. „Ohne Waffen. Zwei Mann holen den anderen."

Er richtete sich auf, hob beide Hände in Schulterhöhe und trat ganz langsam auf die Tür zu. Jack zögerte noch einen ganz kurzen Moment, dann folgte er ihm, und Teal'c seinerseits schloß sich ihnen an.

Jack stockte der Atem, als er einen Blick in die Transportkammer warf. Mehr als die Hälfte der Klammern war bereits eingerastet. Noch eine Minute, und das SternenTor würde aktiviert sein. Jenkins und der größte Teil seiner Truppe hatten sich im Halbkreis um das Tor versammelt, und sie waren nicht allein. Swanson und ihr gesamter Wissenschaftlertrupp befanden sich bei ihnen, außerdem Hacon't, dem man die Augen verbunden und beide Arme brutal auf den Rücken gefesselt hatte – und zu Jacks Entsetzen auch Daniel. Vermutlich war er Jenkins Männern auf dem Weg zum Labor direkt in die Arme gelaufen.

Jenkins begrüßte Hammond mit einem fast jungenhaften Grinsen. „Kommen Sie, General", rief er, als ob er ihn zu einer Grillparty einladen wollte. Der General folgte wortlos seiner Aufforderung, mit O'Neill im Schlepptau. Als sich auch Teal'c anschließen wollte, sagte Jenkins scharf: „Halt! Der Außerirdische nicht!"

„Bleiben Sie zurück, Teal'c", sagte Hammond leise. Teal'c gehorchte. Hammond und Jack traten mit erhobenen Händen vollends durch die Tür, und Jenkins hob befehlend die Hand. Hinter ihnen rastete das tonnenschwere Panzerschott mit einem dumpfen Krachen zu. Sie waren gefangen.

Jack sah kurz zum Kontrollraum hoch. Die Jalousien waren nicht heruntergelassen, so daß er die beiden Navy-Seals erkennen konnte, die den Raum besetzt hielten und die diensttuenden Techniker mit ihren Waffe bedrohten.

„Denken Sie nicht einmal daran, Colonel", sagte Jenkins.

„Meine Männer haben ihre Befehle. Sie sterben eher, ehe sie sie nicht ausführen."

„Sie sind wahnsinnig, Jenkins", sagte Hammond. „Damit kommen Sie nicht durch!"

Hinter Jenkins rastete die letzte Klammer ein, und das SternenTor erwachte zu brodelndem Leben. „Aber das bin ich doch schon, General", sagte Jenkins ruhig. „Oder etwa nicht?"

Ohne, daß es eines besonderen Befehles bedurft hätte, begannen die Seals die Rampe zum SternenTor hinaufzueilen und einer nach dem anderen darin zu verschwinden.

„Was glauben Sie, damit zu erreichen, Sie Narr?" fragte Hammond gepreßt. „Selbst wenn die Insektenmonster Sie nicht umbringen, werden Sie vor ein Kriegsgericht gestellt, sobald Sie zurück kommen. *Falls* Sie zurück kommen – was ich allerdings bezweifle."

„Ich werde zurückkehren", antwortete Jenkins. „Und was das Kriegsgericht angeht... ich glaube nicht, daß mir irgendein Richter Patriotismus als Verbrechen auslegen wird – oder das Befolgen von Befehlen."

„Das Befolgen von..."

„Er handelt auf Befehl, Sir", sagte Jack. „Ich schätze, er hat vorhin *nicht* mit dem Pentagon telefoniert."

„Das war nicht nötig", antwortete Jenkins. „Meine Befehle waren in diesem Punkt eindeutig, von Anfang an. Was soll dieser alberne Streit, General? Überlassen wir das Diskutieren den Politikern. Wir sind beide Soldaten. Sie gehorchen Ihren Befehlen und ich meinen." Er hob die Hand. Eine Anzahl seiner Männer begann Swanson und die übrigen Wissenschaftler die Rampe hinauf und auf das SternenTor zuzutreiben.

„Lassen Sie wenigstens diese Leute hier", sagte Hammond. „Sie sind keine Soldaten. Sie haben nicht das Recht, ihr Leben in Gefahr zu bringen."

„Ich fürchte, ich kann sie nicht hier lassen", sagte Jenkins. „Ich brauche sie. Und dasselbe gilt für Ihren Doktor Jackson. Nur für den Fall, daß wir wieder auf einen Trupp Jaffa treffen. Es ist unwahrscheinlich, aber in einem solchen Fall könnte sich ein Übersetzer als äußerst nützlich erweisen."

Mittlerweile hatte der Großteil seiner Männer das SternenTor durchschritten. Nur ein knappes Dutzend war zurückgeblieben, und mit ihnen Hacon't und Daniel. Der Jaffa wurde gerade in diesem Moment durch das Tor gestoßen, und zwei weitere Seals zerrten den sich heftig sträubenden Daniel die Rampe hinauf.

„Jenkins, bitte", flehte Jack. „Sie wissen nicht, worauf Sie sich einlassen! Sie führen Ihre Männer in den sicheren Tod."

„Berufsrisiko", seufzte Jenkins. „Auf Wiedersehen, General Hammond. Colonel." Er tippte mit zwei Fingern an sein Barett, deutete eine spöttische Verbeugung an und ging ohne Hast die Rampe zum SternenTor hinauf. Kurz bevor er hindurch trat und ohne sich herumzudrehen oder auch nur im Schritt zu stocken, sagte er: „Und versuchen Sie nicht, mir zu folgen, General. Sobald wir auf der Hope angekommen sind, blockieren wir das SternenTor."

Er trat in das Quecksilberfeld. Seine beiden letzten Männer, die rechts und links des SternenTor Wache gestanden hatten, folgten ihm auf dem Weg in die Unendlichkeit, und sie waren noch nicht ganz verschwunden, da spurtete Jack auch schon los.

„Colonel O'Neill!" schrie Hammond. „Bleiben Sie stehen! Das ist ein Befehl!"

Jack jagte die Rampe hinauf, so schnell er konnte. Er betete, daß die Techniker oben im Kontrollraum die Seals wenigstens so lange hinhalten würden, bis er Jenkins gefolgt war. Wenn das SternenTor abgeschaltet wurde, während er gerade hineinsprang... Jack wußte nicht, was mit einem Körper geschah, wenn das Wurmloch, das er benutzte, abgeschaltet wurde, während er sich darin befand – aber er war auch nicht besonders scharf darauf, es herauszufinden.

„O'Neill!" brüllte Hammond. „Stehenbleiben!"

O'Neill griff noch schneller aus, erreichte das Sternen-Tor und warf sich mit einem verzweifelten Hechtsprung hindurch.

Eine gute Sekunde später und tausend Lichtjahre weit weg flog er aus der Empfangsstation, landete mit einer Rolle auf dem stahlharten Boden und versuchte den Schwung seiner eigenen Bewegung auszunutzen, um wieder auf die Füße zu kommen.

Es blieb bei dem Versuch. Ein Fußtritt traf seine Kniekehlen und schleuderte ihn zu Boden, dann explodierte ein so gräßlicher Schmerz in seinen Nieren, daß ihm übel wurde.

Das erste, was er sah, als sich die tanzenden Schleier vor seinem Blick hoben, war Jenkins Gesicht.

„Das war nicht besonders klug von ihnen, Colonel O'Neill", sagte Jenkins kopfschüttelnd. „Tapfer, aber ziemlich dumm."

O'Neill sah den Faustschlag nicht einmal kommen, der sein Bewußtsein auslöschte.

2

Er erwachte mit hämmernden Kopfschmerzen und dem Geschmack von Blut im Mund; seinem eigenen Blut. Stöhnend öffnete Jack O'Neill die Augen und sah sich Daniel gegenüber, der mit besorgtem Gesicht über ihm kniete, mit einem blutverschmierten Tuch in seiner Hand und einem fassungslosen Ausdruck im Gesicht. Er wußte nicht, was dieser Anblick bedeutete; wenigstens nicht sofort. Seine Gedanken bewegten sich nur langsam, wie bei einem Mann, der sich durch einen zähen, klebrigen Sumpf schleppt, in dem ihm jeder Schritt ein winziges bißchen mehr Mühe abverlangt als der vorherige. Dann fiel ihm schlagartig wieder ein, wo er war, und er setzte sich mit einem Ruck auf.

Sofort wurde ihm schwindelig. Jack stützte sich hastig mit dem rechten Arm ab, um nicht das Gleichgewicht zu verlieren und zur Abwechslung womöglich aufs Gesicht zu fallen, und hob die andere Hand ans Kinn. Seine Kopfschmerzen ließen allmählich nach, dafür begann sein Kiefer höllisch zu schmerzen. Vorsichtig betastete er seine Zähne mit der Zungenspitze. Sie waren noch alle da, und so weit er das im Moment feststellen konnte, waren auch keine locker. Trotzdem: Jenkins schlug eine verdammt harte Rechte. „Alles in Ordnung, Jack?" fragte Daniel.

O'Neill massierte seinen schmerzenden Kiefer und murmelte etwas, das Daniel auslegen konnte, wie er wollte, und Leyman, der hinter ihm stand, sagte:

„Das war sehr mutig von Ihnen, Colonel. Nicht besonders klug, aber mutig."

„Komisch, aber das hat man mir heute schon einmal gesagt." Jack nahm die Hand herunter und grinste schief. „Muß wohl was dran sein."

Er drehte sich herum und sah genau das, was er befürchtet hatte: Das SternenTor war blockiert. Jenkins Männer hatten kurzerhand Eisenstangen zwischen die Klammern und den inneren Ring geschoben. In einiger Entfernung blitzte das blaue Feuer eines Schweißbrenners. Vermutlich waren sie dabei, eine etwas stabilere Konstruktion zusammenzuschweißen, die dem gleichen Zweck dienen sollte.

„Wir müssen mit Jenkins sprechen", sagte Daniel hastig. „Wir müssen den Verrückten davon abhalten, noch mehr Unheil anzurichten."

„Jaja", murmelte O'Neill. „Hilf mir erst mal auf. Dann sehen wir weiter."

Daniel und Leyman zogen ihn recht unsanft hoch und einen Moment mußte er sich auf Daniel stützen, bis das bunte Geflimmere vor seinen Augen nachließ. Zumindest schienen alle seine Glieder unversehrt zu sein.

„Hier lang", sagte Leyman und deutete auf den Ausgang des Raumes. „Jenkins steckt irgendwo dort hinten."

Obwohl es Jack vorgezogen hätte, erst einmal ein paar Minuten verstreichen zu lassen um vollends wieder zu sich zu finden, folgte er Daniel und Leyman in Richtung Ausgang. Einer der Soldaten bei den Containern hob den Kopf und sah ihm nach, aber niemand rührte auch nur einen Finger, um ihn aufzuhalten. Wahrscheinlich hielten sie ihn jetzt, nachdem sie das SternenTor bereits so gut wie unbrauchbar gemacht hatten, für keine unmittelbare Gefahr mehr.

Sie fanden Jenkins im benachbarten Raum, zusammen mit Doktor Swanson und den übrigen Wissenschaftlern sowie ungefähr der Hälfte der Seals. Jack mußte nicht fragen, wo der Rest der Soldaten war. Irgendwo in einem angrenzenden Raum krachte eine kurze, abgehackte Salve.

Swanson war in einen von heftigem Gestikulieren begleiteten Disput mit Jenkins verstrickt, den dieser allerdings mit stoischem Gesichtsausdruck über sich ergehen ließ. Als sie Jack bemerkte, brach sie mitten im Wort ab und fuhr zu ihm herum.

„Colonel!" rief sie.

„Würden Sie diesem... diesem Höhlenmenschen bitte erklären, daß er kein Recht hat, meine Kollegen und mich hier mit Gewalt festzuhalten! Ich protestiere aufs Energischste! Ich verlange, daß man uns sofort nach Hause bringt! Sofort!"

Jack wandte sich an Jenkins. „Sie haben die Lady gehört, Captain."

„Dann sagen Sie der Lady doch bitte, daß ich das gar nicht kann", seufzte Jenkins. „Mir glaubt sie anscheinend nicht."

„Ich fürchte, er hat recht, Doktor Swanson", sagte Jack. „Es gibt keine Möglichkeit, das SternenTor von dieser Seite aus einzuschalten."

„Das ist ungeheuerlich!" empörte sich Swanson. „Was fällt Ihnen eigentlich ein? Meine Kollegen und ich wurden mit Waffengewalt hierher gebracht, gegen unseren erklärten Willen! Das ist Kidnapping! Freiheitsberaubung und Nötigung!"

„Wenn wir wieder auf der Erde sind, gebe ich Ihnen gerne die Telefonnummer eines FBI-Agenten, den ich kenne", antwortete Jenkins ungerührt. „Sie können mich dann anzeigen. Im Moment muß ich Sie bitten, mit den kleinen Unannehmlichkeiten zu leben."

„Kleine Unannehmlichkeiten?" ächzte Swanson.

Jenkins Stimme wurde um mehrere Nuancen kühler. „Es handelt sich um eine Angelegenheit der nationalen Sicherheit, und da müssen private Bedürfnisse nun einmal zurückstecken."

Swanson wollte abermals auffahren, aber Jenkins drehte sich einfach herum, ließ sie stehen und bedeutete O'Neill mit einer Handbewegung, ihm zu folgen. „Wissenschaftler!" sagte er abfällig, kaum daß sie außer Hörweite waren. „Es geht nicht ohne sie, aber manchmal sind sie eine Pest!"

„Stimmt", sagte Jack. „Sie haben manchmal richtig komische Ideen. Einige von ihnen beharren zum Beispiel auf ihren Bürgerrechten. Sie erinnern sich noch, was das ist? Die Rechte, die zu verteidigen wir mit unserem Leben geschworen haben."

Jenkins blieb abrupt wieder stehen. Seine Augen blitzten vor Zorn. Aber der erwartete Wutausbruch blieb aus. Seine Stimme klang eher bedauernd. „Schade, Colonel. Ich hatte gehofft, daß wenigstens Sie Verständnis für das aufbringen, was ich tun muß."

„Was?" fragte Jack. „Einen direkten Befehl des Präsidenten zu ignorieren? Oder Selbstmord zu begehen?"

„Die Menschheit zu retten", sagte Jenkins ernst. „Und wenn ich dafür gegen einen Befehl von Gott persönlich verstoßen muß, gut. Und was den Selbstmord angeht – Sie unterschätzen meine Männer, Colonel. Mit diesen paar Viechern werden wir schon fertig."

„Das habe ich gesehen", antwortete Jack böse. „Wie viele Männer haben Sie bisher verloren? Fünf? Sechs?"

„Wir wußten nicht, womit wir es zu tun hatten", erwiderte Jenkins. „Jetzt wissen wir es. Meine Männer sind in diesem Moment dabei, das Genlabor zu zerstören, das Doktor Fraiser entdeckt hat. Ein Gegner, der keinen Nachschub mehr bekommt, ist kein Gegner mehr."

Jack fragte sich einen Moment lang, ob es überhaupt Sinn hatte, weiter mit Jenkins zu reden. Der Mann war so in seine Idee verrannt, daß er vernünftigen Argumenten schon gar nicht mehr zugänglich war. Trotzdem sagte er: „Selbst wenn ich Ihnen glauben würde, Captain – was ich nicht tue, aber selbst *wenn* – Sie begreifen anscheinend nicht, in welcher Lage wir uns befinden. Wir sitzen hier fest! Hammond wird das SternenTor nicht noch einmal öffnen. Glauben Sie nicht, daß er dieses Risiko eingeht, nur weil Doktor Jackson und ich hier sind."

„Wer sagt denn, daß ich das will?" fragte Jenkins. „Falls es Ihnen entgangen sein sollte, Colonel – meine Männer sind in diesem Augenblick dabei, das SternenTor vollends zu blockieren. Wir wollen doch keinen unliebsamen Besuch, oder?"

„Den bekommen Sie, ob Sie wollen oder nicht", sagte Daniel. „Was glauben Sie wohl, wie lange es dauert, bis ein

Goa'uld-Schiff in diesem System auftaucht und längsseits geht? Zwei Monate? Drei?"

„Allerhöchstens", bestätigte Jenkins in fast fröhlichem Ton. „Aber dann werden wir längst nicht mehr hier sein."

Jack blinzelte, während Daniels Gesicht schlagartig alle Farbe verlor. Wahrscheinlich hatte er schon begriffen, was Jack zu verstehen sich in diesem Moment einfach noch weigerte. „Wie... bitte?" krächzte er

„Wir werden dieses Schiff nach Hause fliegen", sagte Jenkins. „Doktor Swanson und die anderen Wissenschaftler werden lernen, es zu bedienen. Wenn Hacon'ts Freunde hier auftauchen, sind wir schon ein paar Milliarden Meilen weit weg."

„Nach... Hause... fliegen?" stammelte Daniel. „Sie... Sie wollen dieses... dieses *Monstrum* zur Erde bringen?!" Die letzten Worte hatte er fast geschrien.

Jenkins maß ihn mit einem Blick, in dem sich Verachtung mit etwas mischte, das Jack nicht verstand, das ihn aber noch mehr erschreckte. „Wie ich schon einmal gesagt habe, Doktor – wir werden damit fertig. Wir kennen jetzt die Schwachstellen unseres Feindes. Das ist schon der halbe Sieg."

„Sie Wahnsinniger!" keuchte Daniel. „Sie komplett übergeschnappter, größenwahnsinniger... Dummkopf!"

„Mäßigen Sie sich, Doktor", sagte Jenkins.

„Mäßigen?!" Daniel japste nach Luft wie ein Fisch auf dem Trockenen. „Mäßigen? Ja glauben Sie denn, daß die Goa'uld nicht schon vor zehntausend Jahren auf die gleiche Idee gekommen sind?! Und was hat es ihnen genutzt?"

„Sie hatten es mit einem ganzen Volk zu tun", sagte Jenkins stur. „Das hier ist nur ein einzelnes Schiff."

„Jenkins, bitte!" sagte Jack. „Überlegen Sie, was Sie da reden. Selbst wenn Sie mit jedem Wort recht hätten – es dauert *Jahre,* dieses Schiff nach Hause zu bringen."

„Vier, um genau zu sein“, sagte Jenkins ungerührt. „Jedenfalls war das die Zahl, die Ihre entzückende Doktor Fraiser genannt hat.“

„Und wie wollen Sie diese vier Jahre durchhalten?“ fragte Jack. „Wir haben ja nicht einmal genug Vorräte für diese Zeit.“

„Wir haben Lebensmittel für ein halbes Jahr“, antwortete Jenkins. „Zeit genug, dieses Schiff gründlich kennen zu lernen. Die frühere Besatzung muß schließlich auch etwas gegessen haben.“

„Ja“, sagte Daniel böse. „Dummköpfe wie Sie!“

„Ich bin der festen Überzeugung, daß Doktor Fraiser und Doktor Swanson recht haben“, beharrte Jenkins, „und sich dieses Schiff seiner jeweiligen Besatzung anpaßt. Wir werden lernen, es zu bedienen. Es wird uns versorgen.“

„Ja, es paßt sich an!“ sagte Daniel. „Damit es uns besser bekämpfen kann, Sie dämlicher Idiot!“

Jenkins Lippen wurden zu einem dünnen, blutleeren Strich. „Ich habe Sie schon einmal gebeten, Ihren Ton zu mäßigen, Doktor Jackson“, sagte er kalt. „Wir werden für sehr lange Zeit miteinander auskommen müssen, und ich werde ein solches Betragen auf Dauer nicht tolerieren.“

„Ach, und was wollen Sie tun?“ fragte Daniel spöttisch. „Mich kielholen lassen?“

„Das wäre *eine* Möglichkeit“, sagte Jenkins. „Ich werde auf jeden Fall auf die Einhaltung der Disziplin achten, seien Sie sicher.“

Daniel wollte abermals auffahren, aber diesmal legte ihm Jack rasch die Hand auf den Arm, und er beherrschte sich, wenn auch nur mit Mühe. Jenkins maß sie noch eine Sekunde lang mit einem eisigen Blick, dann drehte er sich herum und ging davon.

„Du solltest ihn nicht unnötig reizen, Daniel“, sagte er, als Jenkins außer Hörweite war. „Der Mann ist gefährlich.“

„Der Mann ist komplett wahnsinnig!“ sagte Daniel gepreßt.

„Das eine schließt das andere nicht aus, oder?“ Jack schüttelte finster den Kopf. „Vier Jahre! Dieser Verrückte! Wir halten keine vier *Wochen* hier durch.“

„Nicht, wenn ich ihn vorher in die Finger bekomme“, versprach Daniel.

Jack lächelte, aber im Grunde war ihm nicht nach Lachen zumute. Im Gegenteil. Daniels Bemerkung erschreckte ihn zutiefst, denn er spürte, daß sie bitter ernst gemeint war. Und das war nicht der Daniel Jackson, den er kannte.

Es ging schon wieder los. Sie waren seit weniger als einer halben Stunde hier, aber er begann den unheimlichen Einfluß des Attok´k-Schiffes schon wieder zu spüren. Die größte Gefahr hier waren nicht die Insekten. Nicht einmal annähernd. Es war dieses Schiff, das ihre Seelen vergiftete. Es war ein Ort, an den Menschen einfach nicht *gehörten.* Wie lange würde es dauern, bis Jenkins Männer anfingen, sich gegenseitig an die Kehle zu gehen? Ein paar Tage?

Und wie lange würde es dauern, bis sie anfingen, sich umzubringen?

„Komm mit“, sagte er. „Wir müssen Hacon’t suchen.“

3

Sie fanden den Jaffa in einem kleinen, etwas abseits gelegenen Raum. Er wurde von zwei Seals bewacht, die sich sichtlich unwohl in ihrer Haut fühlten und zu Jacks großen Überraschung ohne Widerspruch gingen, als er darum bat, allein mit dem Gefangenen reden zu dürfen. Offensichtlich waren sie erleichtert, den Raum verlassen zu dürfen.

Jack wurde schon wieder zornig, als er den Jaffa sah. Jenkins Männer hatten ihm die Augenbinde abgenommen, aber seine Arme waren nach wie vor auf den Rücken gefesselt; in einer Haltung, die dem Jaffa Schmerzen bereiten mußte. Ohne ein Wort trat Jack hinter ihn und löste mit einiger Mühe den Knoten in dem großen Strick, mit dem seine Handgelenke aneinandergebunden waren.

„Danke, Colonel." Hacon't richtete sich auf und begann sich in einer bedrückend menschlich anmutenden Geste die Handgelenke zu massieren. „Das war sehr..."

„Entwürdigend, ich weiß", unterbrach ihn Jack. „Bitte verzeihen Sie, Hacon't, aber für so etwas haben wir im Moment keine Zeit. Wir haben ein Problem."

„Captain Jenkins, ich weiß." Hacon't seufzte. „Ein dummer Mensch. Tapfer, aber dumm."

„Dieser Satz scheint sich heute allgemeiner Beliebtheit zu erfreuen", murmelte Jack. Hacon't sah ihn fragend an, und Jack winkte rasch ab. „Nichts. Wie gesagt: Wir haben ein Problem. Jenkins hat das SternenTor blockiert, so daß Hammond uns nicht erreichen kann – und Ihre Leute auch nicht. Dieser Irrsinnige hat vor, das Schiff zur Erde zu fliegen."

„Oh, so irrsinnig ist diese Idee gar nicht", sagte Hacon't. „Seine Leute werden lernen, es zu bedienen. Schneller, als Sie glauben."

„Es paßt sich an", sagte Daniel.

„In wenigen Wochen werden Sie glauben, an Bord eines Schiffes zu sein, das von Menschen für Menschen gebaut worden ist", bestätigte Hacon't. „Sie erinnern sich an die Geschichte, die mein abtrünniger Bruder Teal'c über die Attok´k erzählt hat? Sie ist wahr. Das hier ist die ultimative Waffe der Attok´k. Diese Schiffe. Unendlich viele Schiffe wie dieses. Schiffe, die sich ihren Feinden anpassen, bis sie so gut sind wie sie. Und besser."

„Und dann?" fragte Daniel. „Es kennt Ihre geheimsten Gedanken, Doktor Jackson", antwortete Hacon't ernst.

„Ihre geheimsten Sehnsüchte, und Ihre größte Furcht. Und es wird dieses Wissen am Ende nutzen, um Sie zu zerstören.“ Er machte eine Geste zur Wand hin. „Dasselbe ist hier passiert. Sie spüren wie ich das Fremde an diesem Schiff, habe ich recht?“

Daniel nickte. Er sagte nichts.

„Es ist das Wesen des letzten Volkes, das dieses Schiff assimiliert hat“, fuhr Hacon’t fort. „Wir wissen nicht, wer sie waren oder wie sie sich genannt haben, aber sie waren Insekten. Was Sie spüren, und was Sie so abgrundtief erschreckt, ist das Fremde an ihnen. Das, wozu dieses Schiff geworden ist, um dieses Volk zu assimilieren.“

Jack konnte ein eisiges Schaudern nicht unterdrücken. Hacon’ts Worte erfüllten ihn mit einer körperlosen Furcht, gegen die er nahezu machtlos war.

„Warum... erzählen Sie uns das alles, Hacon’t?“ fragte er mühsam.

„Weil die Geschichte noch nicht zu Ende ist“, antwortete der Jaffa. „Es wird sich all Ihren Bedürfnissen und Wünschen anpassen, und am Ende wird es Sie mit Ihren schlimmsten Alpträumen konfrontieren.“ Er legte eine dramatische Pause ein. Dann sagte er: „Und dann wird es aufbrechen und die Galaxis durchstreifen, um nach anderen wie Ihnen zu suchen.“

Jack hatte das Gefühl, innerlich zu Eis zu erstarren.

„Jetzt wissen Sie, warum ich Ihnen das alles erzähle“, sagte Hacon’t ernst. „Der Feind Ihres Feindes ist in diesem Fall nicht Ihr Freund, sondern Ihr größter Feind. Wenn das Schiff dieses Sonnensystem verläßt, kann keine Macht des Universums es noch aufhalten.“ Er wurde noch ernster. „Wir werden das nicht zulassen, Doktor Jackson. Sobald die Triebwerke dieses Schiffes gestartet werden, wird eine Flotte von Goa’uld-Schiffen hier auftauchen und das Feuer eröffnen.“

„Und... es zerstören?“ fragte Daniel.

„Niemand weiß, ob es möglich ist“, antwortete Hacon’t. „Im ersten Krieg gegen die Attok´k ist es uns nicht gelungen, auch nur eines ihrer Schiffe zu zerstören. Aber seither ist viel Zeit vergangen. Wir haben mächtigere Waffen, stärkere Schiffe. Vielleicht gelingt es uns, das Schiff zu zerstören, vielleicht nicht. Aber wir werden es auf jeden Fall versuchen. Und eines kann ich Ihnen garantieren: Ich weiß nicht, ob es uns gelingt, das Schiff zu zerstören, aber kein lebendes Wesen an Bord wird diesen Angriff überstehen. Weder Sie, noch ich.“

Hinter ihnen erscholl ein helles, rhythmisches Klatschen, und als sie sich herumdrehten, erblickten sie Jenkins, der in Begleitung der beiden Seals zurückgekommen war und spöttisch applaudierte.

„Das war eine wirklich beeindruckende Rede“, sagte er lächelnd. „Ich bin richtig ergriffen... und durchaus Willens, Ihren Gedankengängen zu folgen. An Bord Ihrer Schlachtschiffe geht also der Alarm los, sobald wir hier den Zündschlüssel herumdrehen. Dann gibt es doch hier bestimmt so eine Art Sender, nehme ich an. Einen kleinen elektronischen Verräter, sozusagen.“

Hacon’t maß ihn mit einem verächtlichen Blick. „Denn gibt es, Captain. Aber Sie werden ihn nie finden.“

In Jenkins Augen blitzte es tückisch auf. „Oh, ich denke doch. Sie werden uns nämlich verraten, wo er ist.“

Daniel fuhr mit einer wütenden Bewegung zu ihm herum. „Haben Sie eigentlich überhaupt nicht zugehört, Sie Idiot?!“ brüllte er. „Sie werden...“

Jenkins schlug ihm so wuchtig mit dem Handrücken über den Mund, daß er zwei Schritte zurücktaumelte und zu Boden fiel. „Ich dachte, wir hätten uns geeinigt, was den Umgangston hier an Bord angeht“, sagte er, dann wandte er sich wieder an den Jaffa: „Wie gesagt, ich bin sicher, daß Sie uns helfen werden. Freiwillig, oder mit ein bißchen Überredungskunst meiner Männer. Sie sind gut darin. Sie haben schon Dinge von Leuten erfahren, von denen sie selbst nicht wußten, daß sie ihnen bekannt waren. Sie haben die Wahl."

Hacon't lächelte nur, und Daniel richtete sich stöhnend auf, wischte sich das Blut vom Mund und sagte: „Machen Sie sich nicht vollends zum Narren... *Sir.* Sie wollen einen Jaffa foltern?"

„Nur wenn ich muß."

„Das ist vollkommen zwecklos."

Jenkins lachte leise. „Sie glauben nicht, wie oft ich das schon gehört habe, Doktor Jackson."

„Sie verstehen nicht", sagte Jack. „Man *kann* einen Jaffa nicht foltern." Er wies auf die kreuzförmige Narbe auf Hacon'ts Bauch. „Es ist der Goa'uld in ihm. Er schaltet einfach sein Schmerzzentrum ab. Sie können ihm die Haut in Streifen vom Leib schneiden – er würde es nicht einmal spüren."

„Und wenn Sie versuchen, den Goa'uld selbst anzugreifen, stirbt er, zusammen mit seinem Wirt", fügte Daniel hinzu.

Jenkins starrte sie alle drei abwechselnd und finster an. „Ich finde heraus, ob Sie lügen", versprach er. „Verlassen Sie sich darauf!" Und damit fuhr er auf dem Absatz herum und stürmte davon. Seine beiden Männer folgten ihm.

Als sie wieder allein waren, atmete Hacon't hörbar auf. „Ich bin entsetzt, Colonel O'Neill", sagte er lächelnd. „Sie haben gelogen. Ich bin durchaus in der Lage, Schmerzen zu empfinden. Und ich kann Ihnen versichern, daß ich sie nicht genieße."

„Ich weiß", sagte Jack. „Aber jetzt glauben Sie bloß nicht, daß ich das aus Mitleid getan habe, oder weil Sie mir so sympathisch sind. Wenn Jenkins herausfindet, daß wir ihn belogen haben, könnte er auf die Idee kommen, seine *Überredungskünste* an uns auszuprobieren.“

„Warum haben Sie es dann getan?“ fragte Hacon’t.

„Weil wir Sie brauchen, verdammt noch mal!“ antwortete Jack aufgebracht. „Sie sind vielleicht zu einer Selbstmordmission aufgebrochen, aber wir nicht! Wir sind nicht besonders scharf darauf, zu sterben!“

„Ich auch nicht“, erwiderte Hacon’t. Er zögerte ein paar Sekunden, dann fragte er: „Und wenn ich einen Weg wüßte, wie wir hier alle rauskommen?“

„Wissen Sie einen?“

„Vielleicht“, sagte Hacon’t. „Es gibt allerdings ein Problem.“

„Und welches?“

„Sie müßten mir vertrauen“, antwortete Hacon’t. „Hundertprozentig.“

METAMORPHOSE DES GRAUENS

1

Es war noch nicht einmal vierundzwanzig Stunden her, daß sie hiergewesen waren, aber Jack erkannte den Raum trotzdem kaum wieder. Es waren nicht nur die Zerstörungen, obwohl Jenkins Männer wirklich ganze Arbeit geleistet hatten: Von dem, was einmal die Einrichtung des Genlabors gewesen war, waren nur noch rauchende, zerschmolzene Trümmer übrig.

Was Jack viel mehr erschreckte, war das, was *nicht* zerstört worden war. Die Wände waren jetzt nicht mehr glatt, sondern von einem Sammelsurium zum Teil bizarrer Instrumente und Schalttafeln bedeckt. Aber eben nur zum Teil. Einige dieser Instrumente und Monitore wirkten beinahe vertraut. Futuristisch vielleicht, aber nicht mehr vollkommen fremd und unverständlich. Sie waren... *menschlicher* geworden.

„Mein Gott“, murmelte Daniel. „Es ist schlimmer, als ich gefürchtet habe!“

„Captain Jenkins hat uns befohlen, diese Anlage gründlich zu zerstören“, sagte der sie begleitende Seal. „Er sagte, das hier wäre... so eine Art Brutkammer, in der diese Viecher gezüchtet werden.“ Offensichtlich war ihm Daniels Entsetzen nicht entgangen, aber er deutete es vollkommen falsch.

„Das ist schon in Ordnung, Lieutenant“, sagte Jack. „Wir waren nur ein wenig überrascht. Sie haben wirklich... sehr effektiv gearbeitet.“

„Man tut, was man kann, Sir“, grinste der Mann. „Wir Seals sind nun einmal gründlich.“

„Ja, den Eindruck habe ich allerdings auch“, sagte Jack mühsam beherrscht. „Da ist nicht mehr sehr viel, was wir uns noch ansehen könnten.“

„Was genau suchen Sie denn, Sir?“ Jack war nicht sicher, ob der leise Unterton von Mißtrauen plötzlich wirklich in der Stimme des Lieutenant war oder nicht. Besser, er ging davon aus, daß er da war.

„Stellen Sie mir eine leichtere Frage, Lieutenant“, sagte er mit einem schiefen Grinsen. „Doktor Jackson wollte irgend etwas überprüfen. Nur fürchte ich, wird das hier nicht mehr möglich sein.“

Der Soldat runzelte die Stirn. Die Erwähnung von Daniels akademischem Rang hatte durchaus ihre beabsichtigte Wirkung getan, aber vielleicht reichte das noch nicht. Möglicherweise war Angriff jetzt die einzige Verteidigung, die ihnen noch blieb. „Das ist schlimmer, als ich dachte“, fuhr Jack daher fort. „Es wäre mir lieb, wenn Captain Jenkins sich das hier ebenfalls ansehen könnte.“

Der Soldat zögerte. Hinter seiner Stirn arbeitete es sichtlich. „Ich... weiß nicht", sagte er schleppend. „Captain Jenkins ist im Moment ziemlich beschäftigt. Er wird es nicht sehr schätzen, wenn ich..."

„Er wird es wahrscheinlich noch viel *weniger* schätzen, wenn er nicht erfährt, was Doktor Jackson ihm zu sagen hat", unterbrach ihn Jack. „Bitte holen Sie ihn her. Schnell, wenn es geht. Wir warten hier."

Der Soldat zögerte noch eine letzte, quälende Sekunde, dann fuhr er auf der Stelle herum und stürmte mit weit ausholenden Schritten davon. Jack wartete, bis er außer Sichtweite war, dann gab er Daniel ein Zeichen und sie machten sich hektisch auf die Suche. Wenn der Soldat sofort Meldung bei Jenkins machte und sich dieser entschloß, ihnen unverzüglich mit der kompletten 7. Kavallerie auf den Pelz rücken, dann blieben ihnen noch maximal vier Minuten. Es war fast ausgeschlossen, bis dahin den Datenrecorder zu finden, der ihre vielleicht letzte Chance war, diesem Irrsinn ein Ende zu bereiten. Hacon'ts detaillierte Beschreibung war praktisch wertlos. Der Jaffa hatte das Gen-Labor beschrieben, *bevor* es die Seals in Schutt und Asche gelegt hatten und der merkwürdige Regeneration- und Veränderungsmechanismus des Schiffes alles umzukrempeln begann. Das von ihm beschriebene geheime Versteck der Goa'uld war nicht mehr auffindbar und mit ihm blieb der Datenrecorder verschwunden, dessen genaues Aussehen ihnen zu allem Überfluß unbekannt war.

Doch diesmal war das Glück auf ihrer Seite. Nach hektischen Minuten wilden Suchens drückten Jack und Daniel schließlich beinahe wahllos alle erreichbaren Tasten und Hebel, und schließlich keuchte Daniel in höchster Verzweiflung: „Verdammt noch mal, wo ist dieser Scheiß-Datenrekorder? Rück ihn endlich raus!"

Ein leises Klicken erscholl. Nur ein kleines Stück neben Daniels linker Schulter öffnete sich ein Fach, und etwas, das auf dem ersten Blick aussah wie die altägyptische Ausgabe eines Walkmans fiel in Daniels Hände.

„He!“ sagte Jack. „Warum zum Teufel hast du nicht gleich vernünftig mit dem Ding gesprochen?“

„Unglaublich!“ ächzte Daniel. „Das... diese ganze Technik hier ist... ist sprachgesteuert!“

„Und?“ Jack bekam schon wieder ein komisches Gefühl. Der scherzhafte Ton, zu dem er Zuflucht suchte, war nur ein Ausdruck seiner Unsicherheit. „Was ist daran so außergewöhnlich? Ich meine: Das ist mein Telefon zu Hause auch.“

„Dieses Schiff hat vor drei Tagen zum ersten Mal ein menschliches Wesen gesehen. Und jetzt... *das!* Es geht viel schneller, als Hacon't glaubt!“

Jack verscheuchte bewußt jeden Gedanken an alle möglichen Konsequenzen, die sich aus diesen Worten ergeben mochten. „Um so wichtiger ist es, daß wir das da Hacon't bringen.“ Er zögerte eine Sekunde. „Bist du sicher, daß es sich wirklich um einen Datenrekorder handelt, und nicht um eine Waffe?“

„Nein“, antwortete Daniel gerade heraus. „Nicht im geringsten. Aber haben wir eine Wahl?“ Er zuckte mit den Schultern, schob das mit hieroglyphenartigen Symbolen übersäte Gerät in die Jackentasche und erstarrte dann wieder mitten in der Bewegung.

„Was ist?“ fragte Jack alarmiert.

„Sieh mal da rüber“, sagte Daniel leise. „Danach kannst du Jenkins etwas erzählen, was ihn *wirklich* beunruhigen sollte.“

Jacks Blick folgte Daniels Geste, und eine halbe Sekunde später verstand er das Entsetzen, das in Daniels Stimme zu hören war.

Eine der Maschinen, die noch vor einem Augenblick aus nichts anderem als verglaster Schlacke und Schamott bestanden hatten, *begann sich zu regenerieren.*

Diesmal wählte Jack diesen Begriff ganz bewußt. Was er sah, hatte nichts mehr mit einer Reparatur zu tun. Es war, als beobachte er ein lebendes Wesen dabei, wie es sich *selbst heilte.*

2

„Raus hier“, sagte er scharf.

Daniel brauchte keine weitere Aufforderung. Jack hatte der Anblick erschreckt, weil er so unheimlich gewesen war. Daniel schien er bis auf den Grund seiner Seele erschüttert zu haben.

Sie rannten zum Schwerelosigkeitslift zurück, so schnell es überhaupt möglich war. Daniel hechtete regelrecht hinein, und Jack hatte fast das Gefühl, daß er am liebsten mit den Beinen gestrampelt oder alberne Schwimmbewegungen gemacht hätte, nur um schneller nach oben zu kommen. In kaum weniger schnellem Tempo rasten sie weiter, durchquerten die Kommandozentrale und wandten sich in die Richtung, in der Hacon'ts Gefängnis lag. Jenkins, der am anderen Ende der Halle stand und einigen seiner Soldaten Anweisungen gab, sah hoch, runzelte die Stirn und brüllte dann O'Neills Namen.

Daniel ignorierte ihn einfach, rannte noch schneller und drang hakenschlagend in den Gang, an dessen Ende Hacon'ts Gefängnis lag. Die Tür war verschlossen, und zwei bewaffnete Seals hielten davor Wache.

„Tür auf!“ brüllte Daniel.

Das Panzerschott teilte sich in die schon bekannten sechs Dreiecke, die sich lautlos in Fußboden, Wände und Decken zurückzogen. Daniel hechtete durch die Tür, kaum daß sie sich geöffnet hatte, und wartete nicht einmal ganz ab, bis Jack ihm gefolgt war, ehe er auch schon den Befehl zum Schließen brüllte. Die Stahlzähne der Tür, die Jack plötzlich mehr denn je an ein Insektengebiß erinnerten, rasteten dicht hinter ihm mit einem reißenden Laut ein. Die beiden Seals waren von dem Vorgang offenbar so überrascht, daß sie nicht einmal einen Finger rührten, um ihnen zu folgen, sondern ihnen nur aus fassungslos aufgerissenen Augen nachstarrten.

Daniel war mit einem Satz neben Hacon't und riß das Gerät aus der Tasche, das sie in der Brutkammer gefunden hatten. „Hier!" keuchte er. „Schnell! Wir haben nur ein paar Sekunden!"

Der Jaffa riß ihm das Gerät aus der Hand. Seine kräftigen Finger huschten mit einer Geschwindigkeit und einem Geschick über das Gerät, die Jack verblüffte. Sein Gesicht blieb unbewegt, wie bei einem Jaffa üblich, aber Jack glaubte trotzdem so etwas wie Schrecken in seinen Augen zu erkennen. Er betete, daß es nur Einbildung war.

Er wurde nicht erhört. Hacon't ließ das Gerät sinken und sagte beinahe – aber eben nur beinahe – teilnahmslos: „Es ist zu spät. Es ist bereits erwacht."

Die Tür öffnete sich, und Jenkins stürmte mit hochrotem Kopf und gezückter Pistole herein. Er hatte schneller gelernt, als Jack gehofft hatte. „Was geht hier vor?" Er schrie fast. „Was hat das zu bedeuten?"

Bevor Jack oder Daniel antworten konnten, trat Hacon't zwischen ihnen hindurch auf Jenkins zu. Jack registrierte irritiert, daß seine Hände leer waren. „Sie sind in Gefahr, Captain! Jedes lebende Wesen in diesem Schiff ist in Gefahr!"

„Wer hat Sie gefragt?" Jenkins trat drohend auf Daniel zu. „Was geht hier vor?"

„Er hat recht, Captain", sagte Jack eindringlich.

„Wenn Sie ihm nicht glauben, dann schicken Sie jemanden nach unten in die Brutkammer."

„Wozu? Davon ist nicht mehr viel übrig."

„Sie irren sich", antwortete Daniel. „Als wir gerade unten waren, war es schon fast wieder unversehrt."

Jenkins bewies, daß er möglicherweise ein Hitzkopf war, aber nicht dumm. Er starrte Daniel eine Sekunde lang fast haßerfüllt an, aber dann fuhr er mit einem Ruck zu dem Soldaten neben sich herum. „Tucker! Nehmen Sie fünf Mann und sehen Sie nach. Und wenn er die Wahrheit sagt, dann sprengen Sie den ganzen Laden in die Luft! Aber diesmal gründlich!"

„Das wird Ihnen nichts nutzen", sagte Hacon't. „Es ist zu spät. Verstehen Sie denn nicht, was dieses Schiff ist? Es lebt! Und es ist wie eure Hydra. Wenn Sie einen Kopf abschlagen, wachsen zwei neue nach!"

„In unserer Mythologie kennen Sie sich anscheinend aus", sagte Jenkins spöttisch.

„Wir sind eure Mythologie", antwortete Hacon't. Jack musterte ihn von der Seite, unauffällig, aber mit wachsender Verwirrung. Hacon'ts Hände waren leer. Und seine knappe Kleidung bot nicht annähernd genug Platz, um etwas von der Größe des Gerätes zu verbergen, das Daniel ihm gegeben hatte.

Ein Fehler. Jenkins war offensichtlich nicht nur paranoid, sondern auch ein ausgezeichneter Beobachter; zwei Fähigkeiten, die oft Hand in Hand gingen. Jacks Blick war ihm aufgefallen. Kommentarlos trat er zur Seite, richtete seine Waffe auf Hacon'ts Gesicht und gab dann dem zweiten Soldaten in seiner Begleitung um. „Durchsuchen!"

Jack hielt instinktiv den Atem an, als der Seal Hacon't schnell, aber überaus sorgfältig abtastete. Nach ein paar Sekunden trat er zurück und schüttelte den Kopf. „Nichts, Sir."

„Jetzt die anderen."

Jacks Verwirrung wuchs ins Unermeßliche, als der Soldat auch Daniel und anschließend ihn abtastete, ohne mehr zu finden, als in ihre Tasche gehörte.

„War das schon alles?" fragte Daniel böse. „Ehrlich gesagt, habe ich nicht ganz so schnell damit gerechnet. Immerhin haben wir noch vier Jahre vor uns? Wo bleibt denn da der Reiz, wenn es keine Steigerung mehr gibt?"

Natürlich war Jack klar, daß Daniel das nur sagte, um Jenkins zu provozieren und so von dem Jaffa abzulenken. Trotzdem wäre ihm weitaus wohler gewesen, wenn er es nicht getan hätte. Jenkins war eine tickende Zeitbombe, und Daniel übte auf dem Zünder Steptanz.

„Was zum Teufel wollen Sie hier?" fragte Jenkins gefährlich leise. „Wieso kommen Sie nicht zu mir, mit einer so gefährlichen Entdeckung, sondern zu diesem... Außerirdischen?"

„Weil er hundertmal mehr über dieses Schiff weiß als Sie", antwortete Jack ehrlich.

„Und Sie glauben, daß er uns hilft? Kaum." Jenkins drehte sich mit einem Ruck herum und machte eine herrische Geste. „Mitkommen!"

Sie folgten Jenkins und dem Seal. Jack versuchte, ein kleines Stück zurückzufallen, um mit Daniel zu reden. „Wo ist..."

„Nicht jetzt", schnitt ihm Daniel das Wort ab. „Irgend etwas passiert. Merkst du das nicht?"

Jack merkte eine ganze Menge, und sehr wenig davon gefiel ihm. Aber was bedeutete das schon? Seit er an Bord dieses Schiffes gekommen war, schlitterte er praktisch ununterbrochen am Rande der Panik entlang.

Als sie den Kommandoraum erreichten, hallte eine dumpfe Explosion aus der Tiefe des Schiffes zu ihnen heraus. „So viel zu Ihrer *Brutstation,* Doktor Jackson", sagte Jenkins spöttisch. „Damit dürfte sich das Thema wohl ein für allemal erledigt haben. Sie sehen...“

Eine zweite, noch heftigere Explosion ließ den Boden unter ihren Füßen erzittern und schnitt Jenkins das Wort ab. Praktisch gleichzeitig hörten sie noch ein anderes, viel leiseres Geräusch. Vielleicht Gewehrschüsse. Vielleicht auch Schreie. „So?“ fragte Daniel spöttisch.

Jenkins zog ein Funkgerät aus dem Gürtel und hielt es an die Lippen. „Tucker!“ bellte er. „Bericht!“

Er bekam keine Antwort. Aus dem Gerät drang nur statisches Rauschen. Jenkins versuchte es noch einmal, dann ließ er den Walkie-Talkie sinken und wandte sich an einen anderen Soldaten. „Muller! Nehmen Sie fünf Mann und sehen Sie nach, was da unten los ist! Aber seien Sie vorsichtig!“

„Oft können Sie das nicht mehr machen“, sagte Hacon't ruhig. In Jenkins Augen blitzte die pure Mordlust auf, aber der Jaffa fuhr in fast gelassenem Ton fort: „Auch wenn Sie mich für Ihren Feind halten, Captain, so sollten Sie doch wenigstens akzeptieren, daß ich ein Krieger bin wie Sie. Hören Sie auf mich. Bringen Sie wenigstens die Unschuldigen in Sicherheit.“

Etwas Seltsames geschah: Jenkins starrte den Jaffa zwar noch eine geschlagene Sekunde lang fast haßerfüllt an, aber dann hob er seine Hand und rief:

„Also gut! Wir ziehen uns zurück! Alles in die Transportkammer! Die Zivilisten zuerst!“

Und in Jack geschah etwas noch viel Erstaunlicheres, aber das sollte ihm erst viel, viel später klar werden. In diesem Moment betrachtete er Hacon't nicht mehr wirklich als Feind. Sicher nicht als Freund, vielleicht nicht einmal als Verbündeten, aber doch zumindest als Kampfgefährten, auf den er sich – in diesem Moment – hundertprozentig verlassen konnte.

Jenkins Männer trieben die sechs Wissenschaftler und sie hastig durch den Verbindungsgang in die Transportkammer zurück. Die Zivilisten – unter ihnen auch Daniel, wie Jack erleichtert registrierte – zogen sich bis unmittelbar vor das erloschene SternenTor zurück, und Jack bekam schon wieder einen Grund, bis ins Mark zu erschrecken. Jenkins Hobbymechaniker waren fleißig gewesen. Drei der sieben Klammern waren mit zwar abenteuerlich anmutenden, aber äußerst massiven Konstruktionen blockiert, die aussahen, als bräuchte man eine Kanone, um sie zu sprengen.

„Zurück zum SternenTor!“ befahl Jenkins. „Erster Zug, in den Korridor! Zug zwei, Sie sichern den Eingang! Der Rest bleibt bei mir!“ Seine Befehle kamen jetzt knapp und präzise, und seiner Stimme war keine Spur von Nervosität mehr anzuhören. Er *war* ein guter Soldat. O'Neill hätte es nicht anders getan.

Jenkins hob das Funkgerät. „Muller! Wo sind Sie?“

Im ersten Moment schien es fast, als sollte er auch diesmal keine Antwort bekommen, dann aber drang die Stimme des Soldaten verzerrt und von statischem Rauschen überlagert aus dem Gerät.

„Wir sind beim Lift, Sir. Noch ein paar... Moment.“ Zehn Sekunden Pause, dann: „Großer Gott! Sie... sie sind alle tot! Etwas hat sie...“ Der Rest der Worte ging in einem entsetzten Keuchen unter, und dann drang ein ganzer Chor gellender Schreie aus dem Gerät. „Muller!“ schrie Jenkins. „Was geht da vor? Antworten Sie!“

Aus dem Gerät drangen weitere Schreie, und jetzt auch etwas, das sich wie Kampfgeräusche anhörte; schließlich ein gräßlicher, reißender Laut. Dann nichts mehr. Nicht einmal mehr statisches Rauschen.

Jenkins ließ das Gerät sinken, starrte es einige Sekunden lang wie betäubt an und hob es dann erneut an die Lippen.

„Achtung, Zug eins!“ sagte er. „Da kommt etwas auf euch zu. Feuern Sie ohne Aufruf!“

„Keine Schüsse“, sagte Daniel nervös.

„Was?“ schnappte Jenkins.

„Sie haben nicht einen Schuß abgegeben. Ich frage mich, was einen Navy-Seal so erschrecken kann, daß er nicht einmal auf die Idee kommt, sich zu wehren.“

„Gedulden Sie sich, Doktor“, sagte Jenkins leise. „Ich schätze, Sie werden es gleich erfahren.“ Er drehte sich um und maß das halb funktionstüchtig gemachte SternenTor mit einem Blick, den Jack in seinem Leben schon ein paarmal zu oft gesehen hatte: Dem Blick eines Mannes, der begriff, daß er einen entsetzlichen Fehler gemacht hatte, einen Fehler, den keine Macht des Universums wieder rückgängig machen konnte.

DER PARASIT TOBT

1

„O'Neill!“ Jenkins gab sich einen sichtbaren Ruck und warf ihm gleichzeitig ein Gewehr zu. Jack fing es auf, überprüfte ganz instinktiv das Magazin und trat an Jenkins Seite. Er sah aus den Augenwinkeln, daß auch Hacon't die Arme ausstreckte, aber Jenkins würdigte ihn nicht einmal einer Antwort.

Die Zeit schien zu gefrieren. Für einige Sekunden, die sich zu zähen Ewigkeiten dehnten, wurde es so still in der Transportkammer, daß man die berühmte Stecknadel hätte fallen hören können. Dann durchbrach ein einzelner, unidentifizierbarer Laut die Stille, der von draußen herein-drang. Eine Sekunde später hörte Jack ein Geräusch, das er nur zu gut kannte: Einen einzelnen, peitschenden

Gewehrschuß, dem praktisch sofort eine ganze Salve hämmernder Explosionen folgte, in die sich in immer kürzerem Abstand auch die dumpfen Detonationen von Handgranaten mischten. Schreie.

Der Kampflärm hielt nicht einmal eine Minute an, dann erscholl ein letzter, grauenerregender Schrei, dem eine vollkommene, fast lähmende Stille folgte. Jenkins hob nicht einmal mehr sein Funkgerät, um nach den Männern zu rufen.

„Mein Gott", stammelte er. „Eine Minute. Das... das war nicht einmal eine Minute! Niemand überrennt ein Dutzend Navy-Seals in einer Minute! Niemand!"

Aber etwas, dachte Jack. Er ließ sich auf ein Knie herabsinken, stützte den Ellbogen auf den Oberschenkel und visierte die Lücke an, die Jenkins zweiter Trupp vor dem Eingang gelassen hatte, um ihm und der letzten Verteidigungslinie freien Schuß zu gewähren. Eine einigermaßen ruhige, wenn auch unbequeme Haltung, die er nicht lange durchhalten würde. Aber vermutlich mußte er das auch nicht.

Die Tür wurde von einem ungeheuerlichen Schlag getroffen und einfach in Stücke gerissen, und für den Bruchteil einer Sekunde glaubte Jack etwas Riesiges, Schwarzes und Rotes zu erfassen, etwas zugleich vollkommen Absurdes wie auf grausame Weise *Vertrautes,* dann verschwand der komplette Eingang hinter einem emporschießenden Vorhang aus Flammen und Rauch, als die Männer praktisch alle im gleichen Moment das Feuer eröffneten.

Auch Jack schoß, was seine Waffe nur hergab. Er sah nicht wirklich, worauf er feuerte, und er zielte auch nicht wirklich, sondern hielt sein Gewehr einfach in die ungefähre Richtung des Eingangs; wie vermutlich auch die meisten anderen Männer. Sie feuerten einfach auf den Gang, und plötzlich begriff Jack die winzige Chance, die sich ihnen noch bot. Wer immer der unheimliche Angreifer war, mußte durch einen zwanzig Meter langen, schmalen Korridor, in dem ihm das konzentrierte Feuer der Verteidiger entgegenschlug. Eine Gnadenfrist, keine wirkliche Chance. So, wie sie schossen, würde ihnen in ein paar Minuten die Munition ausgehen. Aber wenn man nicht mehr lange zu leben hatte, dann waren auch ein paar Minuten eine Ewigkeit.

2

Der Hammer seiner Waffe schlug klickend ins Leere. O'Neill riß das Magazin aus dem Gewehr, drehte es herum und beförderte es mit einem Schlag wieder an seinen Platz. Dabei fiel sein Blick eher zufällig auf Hacon't.

Er erstarrte.

Der Jaffa war auf die Seite gefallen und krümmte sich, so daß Jack im ersten Moment annahm, er wäre von einem Querschläger oder einem Trümmerstück getroffen worden. Dann sah er, was wirklich geschah.

Die linke Hand des Jaffa war bis über das Gelenk hinweg in der kreuzförmigen Narbe verschwunden, unter der sich der Goa'uld in seinem Bauch eingenistet hatte. Er... *suchte* etwas darin. Und was immer es war, es mußte ihm unerträgliche Schmerzen bereiten, denn sein Gesicht war zu einer Grimasse reiner Qual verzerrt, und er stöhnte ununterbrochen. Trotzdem grub und wühlte er weiter, und als er die Hand wieder herauszog, klappte seine Bauchdecke einfach auseinander wie ein zerschnittener Lappen aus nassem, rohem Fleisch. Darunter kam der Goa'uld zum Vorschein.

Der Parasit tobte. Er war verletzt, vielleicht sogar tödlich verwundet, und er wand und warf sich vor Wut und

Pein hin und her, wodurch er die schreckliche Verletzung in Hacon't Leib immer noch vergrößerte. Jack mußte nur ein einziges Mal hinsehen, um zu wissen, daß nicht einmal ein Jaffa diese furchtbare Verletzung überleben konnte.

Mühsam hob Hacon't die Hand. Seine blutverschmierten Finger umklammerten das Gerät, das Daniel ihm mitgebracht hatte. Und noch während er sich wimmernd vor Schmerz auf den Rücken drehte, *begann es sich zu verändern.*

Aus dem altägyptischen Walkman wurde auf fast unheimlich anmutenden Weise ein filigranes, goldenes Gespinst mit einem dunkelroten, rubinähnlichen Stein in der Mitte. Es sah ein bißchen aus wie ein Handschuh ohne Finger, und Jack wußte nur zu gut, welchem Zweck es diente. Als Hacon't es mühsam über die linke Hand zu streifen versuchte, schwenkte Jack den Lauf seiner Waffe herum und senkte ihn auf seine Stirn.

Für eine endlose Sekunde begegneten sich ihre Blicke. In Hacon'ts Augen stand unermeßlicher Schmerz geschrieben, die an Raserei grenzende Wut des Parasiten, der wußte, daß er sterben würde, aber da wahr auch noch mehr...

Jack schoß nicht.

3

Der Jaffa streifte die Handschuhwaffe über und drückte eines der dünnen Metallglieder, und ein kaum sichtbares, golden schimmerndes Leuchten begann seine Gestalt einzuhüllen. Jack hatte sich etwas schon einmal erlebt und wußte, daß seine Waffe dem Jaffa nun nichts mehr anhaben konnte. Wenn es ein Fehler gewesen war, ihm zu vertrauen, dann würde er jetzt dafür bezahlen.

Unsicher und taumelnd stemmte sich der Jaffa in eine halbwegs sitzende Position hoch. Der Goa'uld tobte immer heftiger. Ströme von Blut ergossen sich aus Hacon't's Leib. Trotzdem gelang es ihm irgendwie, sich herumzuquälen und seine linke Hand auf das SternenTor zu richten.

Ein dünner, grellorangefarbener Blitz schoß aus dem Kristall in seinem Handschuh und zerschmolz eine der improvisierten Klammern, die das Tor blockierten.

„Was zum Teufel – *Jackson, Sie verdammter Narr!*" brüllte Jenkins. Er riß sein Gewehr herum und legte auf Hacon't an. Jack schrie verzweifelt auf, aber es war zu spät. Jenkins drückte ab.

Obwohl Jack so etwas auf dem Planeten der Nox schon einmal erlebt hatte, war der Anblick noch immer unheimlich. Rings um dem Jaffa herum schien die Wirklichkeit... *Wellen* zu schlagen. Die Geschosse prallten nicht etwa von dem Kraftfeld ab, in das sich Hacon't gehüllt hatte, sondern hörten einfach auf zu existieren. Hacon't wankte nicht einmal, sondern zielte mühsam auf die zweite Klammer und zerschmolz auch sie.

Bevor er auch das dritte Hindernis beseitigen konnte, verließen ihn die Kräfte. Er stürzte nach vorne, blieb einen Moment lang reglos liegen und stemmte sich dann mit schier unvorstellbarer Willenskraft in die Höhe.

Jack sah hastig zum Eingang. Er konnte noch immer nicht viel mehr als eine lodernde Feuerhölle erkennen, in der es immer wieder aufblitzte, in der sich aber auch große, unheimliche Schatten bewegten, bizarre Kreaturen, zu grotesk, um Wirklichkeit sein zu dürfen. Sie starben noch immer im Feuer der Seals, aber sie rückten näher.

Hacon't zerschmolz die letzte Klammer, fummelte unsicher an seinem Waffenhandschuh herum und richtete ihn erneut auf das SternenTor. Eine Flut goldenen Lichtes schoß aus dem Kristall und hüllte das SternenTor ein... *und der äußere Ring begann sich summend in Bewegung zu setzen!*

„Gehen... Sie... O'Neill", stöhnte Hacon't, seine Stimme war kaum noch zu verstehen. „Sie müssen sich... beeilen. Es wird... nicht lange offen bleiben."

„Gehen?" Jack starrte das SternenTor an. „Aber... aber wohin... denn?"

„Nach Hause", flüsterte der sterbende Jaffa. „Zur... Erde. Gehen Sie... schnell."

Vier der sieben Klammern waren bereits eingerastet. Hacon't hatte das SternenTor viel schneller aktiviert, als er es jemals erlebt hatte. „Zur... Erde?" murmelte er.

„Gehen Sie", stöhnte Hacon't. „Ich... halte sie... auf."

Und damit wälzte er sich stöhnend herum, richtete die linke Hand auf den Eingang und jagte Blitz auf Blitz in den Eingangstunnel. Aus der Hölle, die dort tobte, wurde ein Inferno.

Jenkins Männer zogen sich hastig zurück, und hinter ihnen erwachte das SternenTor zu rauschendem Leben.

„Raus!" schrie Jack. „Alles ins SternenTor! *Los!*"

Jenkins starrte ihn fassungslos an, aber Swanson und die anderen zögerten keinen Sekundenbruchteil und warfen sich durch den Ring. Es war ein so entsetzliches Risiko, dachte Jack. Das SternenTor konnte sie sonstwohin bringen. Hammond konnte die Irisblende geschlossen haben.

Aber vielleicht hatte Hacon't auch die Wahrheit gesagt.

Und irgendwie spürte er, daß es so war.

Die Seals hatten das Feuer mittlerweile vollends eingestellt und verschwanden ebenfalls einer nach dem anderen im SternenTor. Nur Jenkins selbst stand noch neben ihm, und plötzlich riß er die Augen auf und keuchte: „Mein Gott! Jackson hatte recht!"

Jack fuhr zum Eingang herum. Trotz des mörderischen Feuers, das Hacon't noch immer in den Tunnel schleuderte, hatte einer der Angreifer die infernalische Barriere durchbrochen. Was hatte Hacon't gesagt? Eure schlimmsten Alpträume...

Das Geschöpf war gute zwei Meter groß und trotz allem immer noch eindeutig ein Insekt, zugleich aber auch auf fast wahnsinnigmachende Weise vertraut. Es war schlank, hatte fast menschliche Proportionen und trug einen glitzernden, feuerroten Chitinpanzer. Seine Arme hatten zu viele Gelenke und endeten in schrecklichen Klauen, und er hatte stämmige, lange Beine, die in gespaltenen Hufen endeten. Der lange, dornengespickte Schwanz peitschte nervös, und aus dem dreieckigen, gehörnten Ameisenschädel starrten zwei fast menschlich anmutende Augen voller unstillbarer Wut zu ihnen hin.

Hacon'ts Energiewaffe verwandelte den Dämon in einen explodierenden Feuerball, aber hinter dem Monstrum tauchte fast augenblicklich ein weiteres, gleichartiges Ungeheuer auf. Es wurde ebenso von einem Energiestrahl verschlungen wie das erste, doch Jack hatte das Gefühl, daß die Blitze aus Hacon'ts Waffe schon nicht mehr ganz so grell loderten wie am Anfang. Er sah auf den sterbenden Jaffa hinab.

Hacon'ts Waffe war so heißgeschossen, daß die Haut auf seinem Handrücken Blasen schlug und zu verbrennen begann. Trotzdem feuerte er ununterbrochen weiter. Jack verspürte eine tiefe, ehrlich empfundene Trauer. Es tat weh, einen Freund zu finden und praktisch sofort wieder zu verlieren. Aber gab nichts mehr, was sie noch für ihn tun konnten.

Jack drehte sich herum, stieß Jenkins kurzerhand in das SternenTor und sprang hinterher. Aber sein letzter Gedanke, bevor ihn die Unendlichkeit umfing, galt nicht dem Satan, dem er für eine Sekunde ins Antlitz geblickt hatte. Es war etwas, was Hacon't zu ihnen gesagt hatte.

Wir sind Bewahrer, keine Eroberer.

Und wer weiß... vielleicht hatte er sogar die Wahrheit gesagt.

ENDE